KB183431

한국 희곡 명작선 167

좋은 세상

한국 희곡 명작선 167

좋은 세상

윤한수

평민사

좋은 세상

윤한수

"내가 비록 죽어 뼈가 재가 될지라도 이 한은 결코 사라지지 않으리.
내가 살아 백번을 윤회한대도 이 한은 정녕 살아 있으리…
천지가 뒤바뀌어 태초가 되고 해와 달이 빛을 잃어 연기가 되어도
이 한은 맺히고 더욱 굳어져 세월이 흐를수록 단단해지리라…
내 한이 이와 같으니 당신 한도 정녕 이러하리라
두 한이 오래도록 흩어지지 않으면 언젠가 다시 만날 인연 있으리."

- 이광사의 '悼亡(죽은 부인을 애도함)' 중에서.

등장인물

노모 : 팔십대 중반
만석 : 노모의 아들(오십대 후반)
덕성 : 만석의 처(오십대 후반)
순덕 : 만석의 딸(삼십대 후반)
민우 : 만석의 아들(대학생)
하영 : 민우의 애인(대학생)
만석 : (이십대 후반)
형사 : 1, 2, 3
건달 : 1, 2
마을청년 : 1, 2, 3, 4
대학생 : 1, 2, 3, 4
군인 : 1, 2
인민군 : 장교
바우
지주

＊중요인물을 제외하고는 모두 1인 다역(多役) 처리하여도 무
방함. 형사들, 마을 청년들, 건달들, 대학생들, 군인들, 인민군,
바우, 지주, 만석(30대) 등. 그리고 노모, 덕성, 순덕의 30년 전
모습이 마임으로 나오는데, 이들도 대역 처리하여도 무방하다.
그러나 순덕의 어릴 때 인물은 필요하다.

때

1980년

곳

호남(湖南) 지방

제1장. 제삿날

어둠 속에서 어디선가 저 멀리서 까마귀 울음소리가 아득하게 들려온다.

그 까마귀 울음소리와 함께 무대 서서히 밝아지면, 황혼. 황금빛으로 붉게 물들어 있는 하늘이 펼쳐진다.

허름한 농가. 그러나 굳이 사실적인 무대장치를 할 필요가 없다. 소도구와 조명으로 극이 진행됐으면 한다. 무대 중앙쯤에 널따란 평상이 하나 놓여 있다. 평상 위에는 돗자리가 깔려 있고, 그 위에 제상이 놓여 있다. 아직 준비가 덜 된, 제사에 쓰일 제물들만 놓여 있는 제상이다. 무대에는 아무도 없다. 저 멀리서 까마귀 울음소리만 잠시 무대 공간을 메운다. 이윽고 방문이 열리자, 백발에 얼굴에는 주름이 가득한 팔순 노모가 방에서 나온다. 노모의 손에는 사진액자를 들고 있다. 나이 탓인지 액자를 든 손을 약간 떤다. 노모가 힘겹게 나와서 제상 앞에 앉는다. 그리고는 손에 든 사진 액자를 그리움과 애석함이 가득 찬 표정으로 잠시 내려다보다가 옷소매로 액자를 서너 번 닦는다. 그리고는 입으로 액자에 있는 먼지를 두어 번 불고는 다시 그리운 듯이 액자 위를 어루만진다. 그런 후, 액자를 제상 위 윗부분에 정중히 놓는다. 액자를 제상 위에 놓고는 한참 동안 물끄러미 바라본다.

노모   (이윽고 넋두리하듯이) 여보시우… 오늘이 먼 날인지 아시우?… 오늘이 당신 제삿날이우. 시은여섯 번째… 십 년이믄 강산도 변헌다고 혔는디, 언새, 강산이 다섯 번이나 변혔꼬, 여섯 번째 변히여가고 있쇼… 근디, 산천초목은 죄다 변혔는디, 으째서 내 가심팍에 백힌 당신의 매습은 변허지 않는지 모르겄구만이라. 지어지지 않을 물감으로 칠허지도 아니혔는디… 내 가심팍에 백힌 당신 매습은, 그때 그 매습 그디로 내 가심팍에 박혀 있으니 말이우… (한숨) 난, 그동안 당신을 숱하게 미워도 히여 봤고, 원망도 히여 봤었수면, 그때 뿐이었지라우. 미워허는 맴은 한사코 길게 가지 않았지라우. (한숨) 그때, 당신이 나 말을 쬐간만 들어줬드라도, 나를 요로코름 오십 년도 넘게 청상과부로 맹글지는 않았을 것이요… 여보시우? 그때, 나가 당신에게 머시라고 헙디꺼? 나가 당신의 옷깃을 붙잡고 애원허지 안습디까? 나가지 말라고 안 헙디까? 절디로 일본 놈들의 총칼을 이길 수 없다고 허지 안 헙디까? 나가 그러잉게, 당신이 내게 요로코름 말혔었지라? 좋은 시상은 그냥 오는 것이 아니여! 그라고는 박절하게 날 뿌리치고는 담박질해서 마을 사람들을 따라 가셨지라… (한숨) 그게 당신과 마즈막이었구만이라… 그날, 해질녘에야, 당신은 흰 저고리에 피가 흥건해서 다른 마을 사람들과 함께 구루마에

실려서 왔었지라. 난, 그때, 그런 당신의 매습을 보자 하늘이 컴컴헙디다… 컴컴헌 하늘에 대고 마구 울부짖었지라. 사람 살려 달라고라… (한숨) 당신이 일본 놈들 총에 맞아 저 시상으로 간 지, 몇 해 후에, 일본 놈들 한티서 해방은 되았지먼, 당신이 바라던 좋은 시상은 오지 않었어라. 몇 해도 안 되어서 우익과 좌익이 쌈박질이 벌어졌었지라. 서로 죽이고, 죽이고 헌 전장이 말이우… 고래 쌈질에 새우 등 터진다는 말이 있드시, 우리 집안도 좌익과 우익이 쌈박질 틈사구니에서 말헐 수 읎는 모진 고생을 혔었지라… 근 사오 년이 지나서야 전장이 끝났고, 사람들은 인잔 전장이 끝났으니 좋은 시상이 올 거라구 허였지먼, 전장이 끝나고 삼십 년이나 지났는디도, 이거시 좋은 시상인지 모르겄구만이라. 요런 시상이 당신이 바라든 그 좋은 시상인지를… (손등으로 눈물을 훔친다)

만석, 밖에서 들어온다. 오십대 후반쯤 보이는 노모의 아들이다. 덥수룩한 수염에 우직하게 보이는 농부 모습이다. 그는 한 손에 봉지를 들었고 한 손으로는 목발을 짚으며 쩔뚝거리며 들어온다.

만석 (들어오며) 엄니?
노모 (소리에 얼른 눈물을 감춘다) 오, 오냐… 갔다 왔냐?

만석 (평상에 걸터앉는다) 엄니, 향은 여그 점방엔 읎디요.

노모 그랴. 으쩜, 향은 장에 간 어멈이 사올 게다.

만석 그랴서, 초허구, 술만… (봉지에서 초와 술병을 꺼내 제상 위에 올려놓는다)

노모 (술병을 보자 아쉬운 듯이) 술은 대병으로 사올 것이지 그랬냐?

만석 이거믄 되었어라.

노모 니는 모르느냐? 니 아부지 술고래란 걸. (금방 느끼듯이) 허기야, 니가 니 아부지가 술고래란 걸 으찌 알겄냐. 니 아부지가 살아 있을 땐, 넌 나 배속에 있었는디…

만석 아따 엄니두! 그 말씸은 셀 수 없이 들었어라.

노모 인석아, 대병으로 사왔음, 지사 지내고 남으믄 니도 마실 것 아녀? 니도 니 아부지 닮아서 술고래잉께.

만석 인잔, 될 수 있는 디로 술 안 마시려고 하구만이라.

노모 자알 생각했다. 술이란 너처럼 그리 마시믄 독이 되는 거여.

만석 그런디, 그게 잘 안 되구먼이라. 안 마시려고 히여도 지난 일들을 생각허믄…

노모 (무슨 말인지 얼른 감지하고) 잊어버려. 지난 일들을 가심 팍에 품고 있으믄 속빙만 생기는 뱁이여! 이잔 잊어 버릴만한 세월도 되았잖녀?

만석 (한숨을 지으며 자리에서 일어나며) 글씨, 그래야 허는디,

자꾸먼…

노모   (달래듯이) 지난 시상 탓히여 머 허겄냐? 앞으로만 잘 히여. 우리 겉이 힘없는 사람들은 기냥 시상 돌아가는 디로 살아가믄 그만인 게여. 혹여, 사람들이 으디를 가자고 히여도 따라 가지 말고, 기냥 죽은 송장매니로 살아가는 것이 요즘 시상 살아가는 순리여… 꼬랑물에 떠내려가는 나무 잎매니로 시상이 가자는 디로 떠밀려 살아가믄 그만인 것이여. 생각히여 봐라. 나뭇잎이 지 아무리 몸부림을 치든 꼬랑물을 거슬려 올라갈 수가 있겄냐? (다짐하듯이) 없어!

만석   … (맘이 착잡한 듯이 먼 곳을 바라본다)

노모   (긴 한숨) 그랬으믄, 니 아부지도, 태극기 들고 만세 부르려 가지도 않았을 것이구… 니도 그때, 아무리 바우가 나서자고 히여도 나서지만 아니었어도…

만석   (듣기 싫다는 듯이) 아따, 엄니도! 오늘이 무신 날인디 고런 이약을 꺼내신요? 숫한 세월이 지난 이약을… (하고는 분을 삼키려는 듯이 목발을 몇 발 움직이다 말고 돌아서며 노모에게 따지듯이) 그라고, 그때 나가 나서고 싶어서 나섰요? 다 같은 소작인들인디, 나서지 않으믄 반동으로 몰린다고 히여서 나섰제!

노모   (느끼듯이) 나가 고것을 으째 모르겄냐… 그라서 앞으론 암튼 조심하라는 것이여! 사람이 살다 보믄 시상이 어치크롬 돌아갈지 뉘가 알겄냐? 그랑께, 앞으론

시상이 천지개벽을 헌다고 히여도 모르는 척허구 나
서지 말라는 것이여!

만석 아따, 걱정마시오잉. 이잔 누가 나서자고 히여도 나
서지 않을 탱께로. (하고는 다시 쩔뚝거리며 몇 발을 걷는다)

노모 꼬옥 그로코롬 히여야 헌다.

만석 ……

까마귀 울음소리가 스며 들었다가 사라진다.

노모 (혼자 말처럼) 오늘따라 먼 까마구가 쩌리도 극성이다
냐?

만석 ……

황금빛 하늘이 점점 잿빛으로 변해 간다.
자동차 소리, 악을 쓰며 힘겹게 고갯길을 올라가는 자동차 소
리다.

노모 막차가 지나가나 부다.

만석 …… (찻소리 나는 쪽을 바라본다)

노모 (혼자 말처럼) 손자 녀석이 저 차에 탔것제?

만석 지가 나가볼까라?

노모 아서라. 다리도 불편헌디, 지 집 못 찾아올라고.

만석 ……

노모 (혼자 말처럼) 그랴도, 손자 눔 하나 있는 것, 을매나 착하냐? 지 할아부지 지사라고 해년마다 한번도 안 뺐고 꼬박꼬박 오고 있으니… 대핵생이라 공부허기도 바쁠틴디, 광주에서 해남이 워디라고…

만석 …… (길 쪽을 바라본다)

노모 근디, 장에 간 어멈은 으째서 여태 안 온다냐? 날이 저물어 가는디.

만석 물건을 다 못 팔았나 부지요.

노모 못 팔았어도 기냥 싸게 와야지, 오늘 같은 날은…

만석 생선은 오늘 못 팔믄 상해서 못 판다라.

노모 (느끼듯이) 그도 그라구나…

사이.

만석 쩌그 오네요.

노모 누가? 손자 눔이?

만석 아니라. 민우 어멈이.

노모 그랴!

덕성댁, 들어온다. 허름한 옷차림. 삶의 의지가 강해 보이는 촌부다. 커다란 광주리를 머리에 이고 들어온다.

덕성 (들어오며) 엄니, 지 왔구만이라.

노모	오냐, 어서 오너라.
덕성	(광주리를 평상에 내려놓는다)
노모	어따, 고생헜다!
덕성	(제상을 보고) 제상을 벌째 차렸소? 지가 와서 할 것인디…
노모	아범이 대충, 쓸 제물만 올려 놨단다.
덕성	(평상에 앉는다. 주먹으로 다리를 두드린다)
노모	다리가 아프지야?
덕성	아녀라…
노모	(안타까워서) 쯧쯧… 여자의 몸으로 한 가정을 꾸려 간다는 것이 으디 보통 일이겄냐? 거그다가 자슥 늠 대핵꺼정 보내고 있으니…
덕성	지는 아범이 바대에서 잡은 물궤기를 기냥 팔기만 헌디요, 뭐.
노모	(한숨 섞인 소리로) 한쪽 다리로 물궤기를 잡으믄 을매나 잡겄냐? 어멈, 니가 낙지 잡고, 석회를 캐지 않으믄…
덕성	아따, 요즘 같은 시상에 고생 안코 사는 사람도 다 있다요. (하고는 광주리의 제물을 뒤적거리며) 밤, 대추, 배, 사과, 그리고 쇠괴기두 한 근 샀구만이라.
노모	그랴. 오늘은 니 시아부지 덕분에 쇠괴기 풍년이구나.
덕성	아따, 쇠괴기 한 근인디 풍년이라요?
만석	영수 엄니가 쇠괴기 한 근 갔다 주드라.

덕성	그라라…그 집도 오늘 시아부지 지산다…
노모	우리 동네에서 오늘 지사 지낼 분이 으디 그 분뿐이냐? 여섯 분이다.
덕성	그라지라. 우리가 넉넉하믄 모두 인사치레를 허야 헐 사람들인디…
노모	글씨 말이다… 모두 한날에 일본 놈의 총칼에 돌아가신 분들이니…
덕성	그라제라. 헌디 쪼간 서운하구먼이라.
노모	우리가 행편이 쪼간 펴믄 인사차레를 히여야제… 향은 사왔냐?
덕성	사 왔어라. (향을 꺼내 제상 위에 놓는다)
노모	자알 헀다. 점방엔 향이 없다고 허길래 꺽정을 헀는디.
덕성	근디, 순덕인 모슬에서 안즉 안 들어 왔다요?
노모	으디서 노는지 안즉 안 들어 왔다.
만석	아까 보니께, 동네 아그덜하고 숨바꼭질을 허고 있드구먼.
덕성	머시라고라? 동네 아그덜하고 숨바꼭질을 허고 있어라?
만석	쪼간만 놀다 오겄다고 헀는디…
덕성	봤으믄 끌고 와야지 이녁 혼자만 들어 왔쏘?
만석	가자고 허니께, 마악 울어버린 걸 으찌 끌고 와?
덕성	(어처구니가 없다는 듯이) 오매! 나이가 서른여섯이나 쳐묵은 가시내가 코흘리개 아그덜하고 숨바꼭질을 허

다니!

노모 (달래듯이) 너무 나무라지 마라. 순덕이도 불쌍한 아그 아니냐? (자신도 모르게 한숨을 지으며) 다 시상 잘 못 만난 탓에…

만석 (이따금씩 밖을 내다보고 있다가) 민우 놈은, 오늘 안 올 모양인가 봬! 막차가 지나간 지가 한참 되았는디…

덕성 … 으쩜, 오늘 민우가 못 올 것 같구만이라우.

노모 못 올 것 겉다니? 으째서?

만석 못 온다구 연락이라도 온 것이여?

덕성 아니어라.

노모 그라믄?

덕성 시방 광주 시내가 난리어라.

노모 난리라니?

만석 먼 난리?

덕성 시방 광주 시내가 깡 막혔디요. 사람들이 광주로 들어가지도, 광주에서 바깥으로 나가지도 못헌디요.

만석 광주로 들어가지도, 나가지도?

노모 으째서?

덕성 대학생들이 데모를 히여서요.

만석 대학생들이 데모를 히여서?

노모 데모가 머시라냐?

덕성 대학생들이 몰려 다니믄서 즈그들 주장을 알리는 것이어라.

노모　그, 그라믄, 우리 민우도?

덕성　장터 사람들이 그라기에, 허도 걱정이 되어서 장터
　　　　가게 집에서 텔레비를 쪼간 훔쳐 봤드니먼…

노모　그랬드니?

덕성　꼬옥 전쟁터 같드구만이라.

만석　전, 전쟁터 같드니?

노모　그, 그라믄, 서로 쌈박질을 하고 있드란 말이냐?

덕성　야. 한쪽에선 도망치고 한쪽에선 총을 들고 쫓고…
　　　　또 한쪽에선 대학생들이 구름떼처럼 몰려 다니믄서,
　　　　군사독재 물러가라, 하며 목구녁이 터지라고 소락지
　　　　를 지르고, 그 앞에선 총을 든 군인들이 금방이라도
　　　　총을 쏠듯이 버티고 있고…

만석　군사 독재, 물러가라?

노모　그 소리가 먼 소리라냐?

덕성　진들 알것어요. 그 소리가 무신 소린지…

만석　으째, 어제 밤에 꿈자리가 뒤숭숭하더니 먼…

덕성　걱정이 되구만이라. 꼭 먼 일이 꼭 벌어질 것겉이 보
　　　　였서라.

노모　(걱정이 되면서도 애써 털어 버리듯이) 먼 일은 먼 일이 있
　　　　겄느냐? 우리 민우는 길이 맥혔다믄, 길이 맥혀서 오
　　　　지 못한 것일 게다! 우리 민우는 그런디, 절드로 가
　　　　담허지 않을 것이구먼! 암! 나가 을매나 당부를 했다
　　　　고. 절드로 사람들이 가자는 디는 나서지 말라고. 사

람들이 나서자고 히여도 못들은 척허구 가먼히 있으라고. 그라니, 오늘 민우가 못 온다믄 길이 맥혀서 못 온 것일 터니 꺽정들 마라!

덕성   어따 엄니도, 민우 성질 모르씨오? 머시든지 잘못된 일에는 참지 못헌 고놈의 성질을? 지도 그 녀석이 그런 놈먼 아니라믄 꺽정도 안지라.

노모   높은 양반들이 나라 일을 허는디, 먼 잘못이 있겄느냐?

덕성   그라도 머신가 잘못된 것이 있으잉께로 학생들이 구름떼처럼 몰려다니면서 소락지를 지르며 데모를 하겄지라.

이때, 순덕, 들어온다. 만석의 딸이다. 그녀는 나이에 비해 지능지수가 한참 부족한 여자다. 그녀는 데모하는 광경을 흉내라도 내듯이 팔을 하늘 높이 올렸다 내렸다 하면서 "물러가라!" "물러가라!" 하고 외치며 들어온다.

덕성   (순덕이의 그런 행동을 보자 화가 난 듯 소리친다) 순덕아!!
순덕   (소리에 깜짝 놀라 하늘 높이 쳐든 손을 슬그머니 내리며 금방 시무룩해진다)
덕성   니, 시방, 그게 머허는 짓이여?
순덕   (금방 재미있다는 듯이 웃으며) 히히히… 봐, 봤다!
덕성   보긴 머슬 봐?

순덕   영, 영수 집, 테, 텔레비에서, 사, 사람들이 몰려다니
       믄서 팔을, 팔을 요로코롬 올렸다 내렸다 함시롱, (팔
       을 하늘 높이 올렸다 내렸다 하며) 물러가라! 물러가라! 허
       는 걸. 히히히…

덕성   (쏘아붙이듯이) 잔소리 말고, 어서 들어가 손 씻고 발
       씻어! 오늘이 할아부지 지사 날인지 모르는 것이여?

순덕   (금시초문이라는 듯이) 오, 오늘이, 하, 할아부지, 지, 지
       사 날?

덕성   그랴!

순덕   그라믄, 마, 맛있는 것, 많이 무, 묵겄네… 오매, 좋아
       라! 오매, 좋아라! 히히히… (하며 어린애마냥 깡쭝깡쭝 뛰
       면서 안으로 들어간다)

덕성   (순덕의 그런 모습을 보자 한숨을 짓는다) 아이고! 저 가시
       내가 은제나 철이 들어 사람이 되려는지…

노모   놔두라. 으디 철이 안 들고 싶어서 철이 안 들겄느
       냐…

만석   …… (멍히 하늘만 바라보고 서 있다)

덕성   (일어나며) 지는 고만 들어가 밥 짓고 탕국 끓을 께유.

노모   오냐, 그랴라. 날이 벌째 어두워져 부렸다야.

덕성댁, 광주리를 들고 안으로 들어간다.

잠시 침묵. 두 사람, 내심, 걱정스러운 표정이다.

노모   (자신도 모르게 한탄가를 부른다)

가지 마라. 가지 마라. 꽃밭에 가지 마라. 꽃밭은 좋
지면 독사가 있단다. 독사한티 물리믄 황천행이란다.

만석   (넌지시) 엄니, 그 노래, 안즉도 잊지 않으셨네요잉?

노모   ……

만석   그 노래, 뜻이 뭐시다요?

노모   (한숨 속에서) 기냥, 노래야…

이때, 형사1, 2, 3, 들어 닥친다. 두 사람, 형사들을 보자 의아해
진다. 형사2, 3은 들어오자마자 권총을 뽑아들고 좌우로 흩어
져 집안 곳곳을 뒤진다. 그리고 형사1은 그 자리에 서서 노모
와 만석을 쏘아본다.

형사1   여기가 박민우 집, 맞죠?

만석   (의아해서) 그, 그라요 먼…

노모   (의아해서) 대, 대체, 당신들은 뉘, 뉘신다…

형사1   우린 빨갱이를 잡으러 온 사람들이오!

만석   빠, 빨갱이를…

노모   빠, 빨갱이를…

형사1   그렇소! 박민우, 어딨소?

만석   (여전히 의아해서) 광, 광주에 있지라.

형사1   잔말 말고 숨긴 곳을 대시오.

만석	오지도 않는 사람을 숨기더니요?
형사1	우린 다 알고 왔소. 오늘 여기에 온다는 것을.
만석	온다고 헜는디 안 왔지라.
노모	근디, 으째서 나 손자를 찾쏘?
형사1	말하지 않았소! 빨갱이라고!
만석	머, 머시이라고라? 내 자슥이…
노모	나, 나, 손자가 빠, 빨갱이라고라?
형사1	그렇소! 어디 다 숨겼소?
만석	으째서 나 자슥놈이 빨갱이란 거여?
노모	천벌을 받을 소린 허지도 마시오잉!
형사1	그렇담 그런 줄 아시오! 어딨소, 박민우.

덕성댁, 부엌에서 화가 나서 허겁지겁 뛰쳐나온다.
순덕, 덕성댁의 치마폭을 꼭 잡고 공포에 떨며 나온다.

덕성	아니, 대체 이게 먼 일이라요? 집안을 뒤지고 난리게?
노모	(어안이 벙벙해서) 어멈아, 내 말 좀 들어봐라. 이 양반이 우리 민우보고 빨갱이라 안 하냐?
덕성	머, 머시라고라? 나 자슥이 빠, 빨갱이라고라?
형사1	알았음, 어서 숨겨 놓은 곳을 말하시오?
덕성	워매! 워디서 구신 씨나락 까묵는 소린 헌다요!
형사1	아니면, 우리가 미쳤다고 땅끝 해남까지 왔겠소?
만석	(버럭) 말도 안 되는 소리! 으째서 나 자슥이 빨갱이란

것이여!

형사1 (만석을 쏘아보며) 당신이, 박민우 애비, 박만석, 맞죠?

만석 (쏘아붙이듯이 당당하게) 그라요!

형사1 (쓴웃음을) 당신 기록을 떠들어 보니까, 경력이 화려하시더군!

만석 (의아해하며) 경, 경력이 화려허더뇨?

형사1 (버럭 소리치며) 빨갱이 경력이 화려하더란 말이오! 빨갱이 경력이!

만석 (어안이 벙벙해서) 머, 머시라고라?

형사1 죄 없는 양민 학살에다가 빨치산 활동까지!

만석 (변명하듯이) 고, 고건…

노모 (만석의 말을 얼른 가로채며) 고건, 나 아덜이 빨갱이들에게 강제로 끌려다녔을 뿐이지라! 쇠 도살장에 끌려가듯이!

형사1 끌려다녔든 따라다녔든 빨갱이와 합세한 것은 빨갱이가 아니오?

덕성 근디, 으째서, 다 끝난 옛날 일을 시방 와서 그 이약을 들춘다요? 그때가 은제 쩍 일인디. 삼십 년도 넘은 일을…

형사1 아직도 진행 중이니까 들추는 것 아니겠소! 아직도 진행 중이니까!

덕성 머, 머시라고라? 안즉도 진행중이라고라?

만석 그라믄 나가 시방, 빨갱이 짓을 허구 있단 말이어라?

형사1 그렇소! 우린 애비가 아들에게 지령을 내렸다고 믿고 있소!

만석 지, 지령이 머시라요?

형사1 (쏘아붙이듯이) 빨갱이들한테서 받은 명령도 모른단 말이오?

만석 그라잉께, 나가 시방 빨갱이들한티서 받은 명령을 나 자슥놈헌티 내렸다 그 말이오?

형사1 (만석을 쏘아보며) 그럼, 안 그렇단 것이오?

만석 (어이가 없다는 듯이) 머시 으쩌고 으째라?

형사1 (만석의 말을 자르며) 우린, 십중팔구 그리 판단하고 있소!

만석 여보시오? 이웃 집 개도 웃을 말씀은 허지도 마시오 잉! 난, 빨갱이란 말만 들어도 치가 떨린 나요잉!

형사1 지금 광주에서 무슨 일이 벌어지고 있는 줄 아시우? 빨갱이들이 폭동을 일으키고 있소! 빨갱이들이 선량한 대학생들과 시민들을 선동하여 폭동을 일으키고 있단 말이오! 이 나라를 폭동을 일으켜 적화통일을 해서 빨갱이 나라로 만들자고!… 선량한 대학생들과 시민들을 선동하고 충동질하여 폭동을 일으킨, 그 주동자가 누군지 아시오? 바로 당신 아들, 박민우요!

세 사람, 놀란다.

순덕, 공포에 싸여 한쪽에 쪼그리고 앉아 떨고만 있다.

23

만석   머, 머시라고라? 나 자슥이?

덕성   내, 내 자슥 놈이 주동자라고라?

형사1   그렇소!

노모   말도 안 될 말씸! 내 손잔 절디로 그란디 나설 아그
가 아니요!

형사1   그래도 나서고 있으니 어쩝니까? 그것도 주동자로!
그래서, 당신 아들 목에 현상금까지 걸려 있소! 자그
만치 천만이나!

만석   내, 내 자슥놈한티 현, 현상금이 걸렸다고라?

덕성   (어안이 벙벙해서) 엄니, 이게 먼 소리라요?

노모   나도 통 무신 소린지 모르겄다…

형사1   목에 현상금이 천만 원이나 붙을 정도라면 거물 중
에 거물이 아니겠소. 평범한 대학생이라면, 어찌 대
학생들과 시민들을 선동하여 폭동을 일으킬 수 있겠
소? 그렇게 엄청난 일을 벌일 수 있다는 것은, 분명,
배후가 있다고 우린 확신하고 있소. 그 배후자가 누
군가하면, 바로 과거에 빨치산 활동을 했던 박민우
애비라고 우린, 보고 있소! 그 애비가 아들에게 지령
을 내렸다고 우린 확신하고 있단 말이오! 폭동을 일
으켜 이 나라를 빨갱이 나라, 인민공화국을 만들자
는 목적으로! (어안이 벙벙해 있는 만석에게) 내 말이 틀
렸소?

만석   머, 머시라고요? 나가 빨갱이 나라를 만들자고 나 자

슴놈한티 폭동을 일으키라고 시켰다구라? (쏘아붙이
듯이) 여보시오? 천벌을 받을 소릴 허지도 마시오잉!
난, 빨갱이란 말만 들어도 치가 떨린 나라고 했소,
잉! 빨갱이 놈들 땀새 신세 망친 나요잉! 빨갱이 놈
들 땀새 오년이나 옥살이를 헜고, 이 다리도 요로코
롬 빙신이 돼 부렸꼬, (순덕을 가리키며) 그라고 쩌그 나
딸년은 안즉도 빙신되어 쩌라고 있고, 그라고 나 마
누라는….

노모   (비밀을 감추려는 듯이 만석의 말을 강하게 막으며) 아범아!

만석   (침을 삼키고선) 그란디, 그런 나보고 머시 으쩌고 으째
라?

형사1   (위협적으로) 그래서, 끝내 순순히 불지 못하겠단 것이
야?!

만석   머슬 불라는 것이요? 나 불 것이 읎는디 머슬 불라는
것이여?

형사1   그래서, 끝끝내 자식놈을 내놓지 못하겠다?

만석   오지도 않은 자슥놈을 워디서 내놓으란 게요? 워
디서?

형사1   (더욱 위협적으로) 이것, 고분고분 말로 해선 안되겠구
만! 이 집구석을 다 때려 부셔야 말하겠단 게야?!
앙! 그런 것이야? (하며 발로 난폭하게 평상을 걷어찬다) 그
렇다면 좋지! 이 집구석을 다 부셔 주지!! 몽땅 다 부
셔 주지! 말할 때까지 몽땅 부셔 주지! (하며 평상 위로

올라가서 제상을 걷어찬다. 그 바람에 제상이 뒤집어 지면서 제상 위에 놓여 있던 제물들이 여기저기 흩어져 바닥으로 떨어진다. 사진 액자도 바닥에 떨어진다)

제상이 뒤집어지자, 모두 놀란다. 금방 분노에 찬다.

순덕   (공포 속에서 울면서) 엄니, 무서워… 무서워…

만석   (눈을 부릅뜨고 형사1에게 대들며) 아니, 이게 머헌 짓이여?! 이것이 누구 지사인지 알고 구둣발로 걷어 찬 것이여?!

형사1   누구 제산 누구 제사야! 빨갱이 집안 제사겠지!

만석   (분노에 차 죽일 듯이 다가가며) 머, 머시라고라? 머시라고라?

덕성   (쏘아붙이듯이) 여보씨오! 당신은 부모도 조상도 없쏘?

형사1   (뒤로 물러나며) 흥! 이것들이 빨갱이 정신이 투철하군!

노모   (지금껏 분노에 차서 부들부들 떨고 있던 노모가 미친 듯이 다가가 형사1의 멱살을 움켜잡으며 발악하듯이) 이눔아! 이것이 뉘 제상인지 알고, 네눔이 발로 제상을 걷어차는 것이여? 엉! 뉘 제상인 줄 알고 발로 차?

형사1   이놈의 할망구가 미쳤냐?! 이 손 놓지 못해? (하며 노모를 난폭하게 뿌리친다. 그 바람에 노모 저만큼 내동댕이쳐 쓰러진다. 쓰러진 노모를 향해) 그럼, 빨갱이 집안 제상이 아니란 게야?

덕성	(얼른 가서 쓰러진 노모를 일으키고 형사1을 쏘아보며) 당신은 애비 어미도 없쏘?!
만석	(형사1에게 죽일 듯이 다가가며) 머시라고라? 빨갱이 집안 제상라고라? 울 아부지가 으떤 분이란 걸 알기나 허고 그런 소릴 지껄인 것이여?! 으떤 분인지 알기나 허고?
형사1	(만석이가 죽일 듯이 다가가자 위협을 느끼듯이 권총을 뽑아들고 쏠 듯이 위협하며) 이것들이 안 되겠구먼! 모두 뒈지고 싶은 게야?
만석	(가슴팍을 내밀고 다가가며) 그랴! 쥑여라! 우리 모두 쥑여라!
형사1	(물러나며) 흥! 뒈지면 뒈졌지, 내가 빨갱이라는 말은 못하겠다?
만석	(역시 죽일 듯이 다가가며) 나, 말헐 것이 없는디 먼 말을 허란 것이여? 나가 빨갱이가 아닌디, 먼 말을 허라는 것이여? 먼 말을?
형사1	(물러나며) 거기 서! 다가오지 마! 한 발만 더 오면 쏠 것이다!
만석	(그래도 다가가며) 그랴! 쏴라! 쏴! 으차피 총칼로 다스리는 시상은 더 살고 싶지 않다! 어서 쏴라!
덕성	(얼른 가서 만석을 말리려는 듯이 붙잡으며) 민, 민우, 아부지…
만석	(마지 못하듯이 덕성댁의 만류에 그 자리에 멈추며 씩씩거린다)

형사1   역시 빨갱이 집안이라 독종들이군! 그래, 죽어도 불지는 못하겠다?

순덕   (공포 속에서) 어, 엄니… 무서워… 무서워… 무서워…

노모   (체념하듯이) 그랴… 쥑여라… 우리 모두 쥑여라. 으차피 이 시상은 총칼 든 느그 놈들의 시상이 아니냐. 우린 느그 놈들의 총칼 앞에서 굼뱅이 맹키로 느그 놈들이 발로 밟아도 아프다고 소락지 한번 지르지 못허고 살아온 시상이다. 나도 요런 시상 더는 살고 싶지 않다. 어서 쥑일티믄 쥑여봐라…

지금까지 집안 곳곳을 뒤지며 민우를 찾아 헤매던 형사 2, 3이 들어온다. 형사 2, 권총을 들고 쏠듯이 버티고 있는 형사 1을 보자, 의아해 한다.

형사2   (형사1에게 만류하듯이) 반장님?

형사1   찾았느냐?

형사2   없습니다.

형사3   쥐구멍까지 다 뒤져봤습니다만…

형사1   (비로소 권총을 총집에 넣으며) 그럴 것이다. 그놈이 어떤 놈인데, 그리 쉽게 찾을 곳에 숨겠느냐? (만석을 가리키며) 이 자를 끌고 가자!

만석   머, 머시라고라? 나, 나를?

형사1   가서 문초해 보면 불게 될 것이다. 난 지금껏 물고문,

전기고문해서 불지 않은 놈은 아직껏 못 봤다! (형사
2, 3에게) 어서 끌고 가자!

형사 2, 3 "네" 하고는 재빠르게 가서 만석의 양팔을 움켜잡는
다. 노모, 덕성댁, 급히 허겁지겁 가서 못 가게 형사 2, 3의 앞
을 막는다.

노모   안 된다! 나 자슥이 먼 죄가 있어 끌고 가겠단 것이
냐?!

덕성   못 갑니더! 으째서 끌고 가요? 먼 죄로 끌고 가요?!

형사1 빨갱이들은 빨갱이들끼리 통하는 법이니깐! 어서 끌
고 가자!!

형사2, 3 저리 비키시오! (노모와 덕성댁을 사정없이 뿌리친다. 그 바람
에 저만큼 쓰러지는 노모와 덕성댁. 만석을 잡아 끌며) 가자!

만석   (끌려가며) 껑정 마시소! 나 죄 읎응게 껑정 마시소! 설
마 죄 읎는 사람을 죽일 랍디야! (하고는 거칠게 목발을
짚으며 끌려 간다)

노모   (쓰러진 채로 손을 허우적거리며) 안된다! 안되어!! (만석이
형사에 끌려 나가버리자 고개를 떨어뜨리며) 안된다… 안되
어….

덕성   (허탈해서) 워매, 징한 놈의 시상이 되어 부렸네잉….

순덕   (울면서) 엄니… 무서워… 무서워… 울 아부지 으째서
끌고 간디야… 매 맞으믄 으짤라고… 매 맞으믄 으

짤라고…. (하고는 펑펑 울어 버린다. 덕성댁, 힘없이 일어나 순덕에게로 가서 순덕의 어깨를 감싸며 달랜다)

사이.

노모   (비로소 휘청거리며 일어난다. 울분에 차서 각오라도 하듯이) 울지 마라… 이럴수록 이를 악물어야제! (하고는 바닥에 떨어져 있는 사진 액자를 집어 든다. 액자를 멍한 눈으로 내려다본다) 여보시오. 당신도 보셨지라… 요것이, 시방 우리가 살고 있는 시상이구만이라… 요런 시상이 당신이 바라던 그 좋은 시상이라요….

서서히 암전.

제2장. 비밀 아지트

허름한 지하실. 낡은 책상 하나. 의자가 두 개. 책상 위에는 옛날 등사기와 등사용지가 놓여 있다. 대학생 1은 열심히 등사기를 밀고 있고, 대학생 2는 등사기에서 등사된 종이를 뽑아내어 옆으로 놓고 있다. 민우는 방금 나온 전단지를 손에 들고 힘을 주어 읽는다.

민우   동지들이여, 일어나라! 우리는 75년 전 일본 제국주의로부터 이 나라의 주권을 되찾고자 세계 최초로 학생 독립운동을 일으켜 일본 놈들의 간담을 서늘케 했던 기념비적인 역사를 지니고 있는 광주 학생들이다. 자유가 우리의 희망이고, 우리의 생명이다, 라고 외치며 희생된 수많은 선배들의 넋을 기리기 위해서라도, 우리는 지금 일어나야 한다! 민주주의는 그냥 오는 것이 아니다! 좋은 세상은 그냥 오는 것이 아니다! 목숨 걸고 싸워서 쟁취해야 한다! 지금, 군사독재자들은 권력에 눈이 어두워 천인공노할 역적질을 하고 있다! 군사독재자들은 권력을 손에 넣기 위해, 여론을 조작, 왜곡하며 갖은 유언비어를 퍼뜨려 대한민국 국민들에게 사기극을 펼치고 있다는 것을 우리는 알아야 한다! 어찌 그뿐이랴! 천인공노할 군사독재자들은 우리 선량한 학생들은 물론이고, 선량한 광주 시민들까지도 목에 총칼을 겨누며 굴복을 강요하고 있으며, 심지어는 시위에 가담하는 학생, 시민들을 간첩들의 사주를 받아 폭동을 일으키고 있는 폭도들이라고 입이 닳도록 선전하고 있다! 동지들이여! 우리가 어찌 폭도들인가? 우리가 어찌 간첩인가? 어찌 우리가 폭동을 일으켜 적화통일을 꾀하려는 빨갱이들이란 말인가? 우린 아니다! 우린 결코 간첩도 아니요, 폭도들도 아니요, 빨갱이는 더더욱 아니다!! 우린 오직, 군사독재에 항거한 선량한 학생일 뿐이다! 우리는 오직 자유와 평화, 민주화를 위해 군사독재와 싸우고 있을 뿐이다! 우리는 싸울 것이다! 비록 싸우다가 죽는 한이 있더라도, 민주주의를 쟁취할 때까지, 좋은 세상이 올 때까지 싸울 것이다! 동지들이여! 5월 18일 우리 모두 도청 앞 분수대 앞으로 모여서 우리의 뜻이 성취될 때까지 죽음을 각오하고 싸우자! (다 읽고 나서) 어떠니?

학생1 (여전히 등사기를 밀며) 야아, 감동적이다, 야!

학생2 (여전히 등사한 종이를 빼내며) 5월 18일에는 도청 앞 분수대가 인산인해가 되겠군 그려!

민우 이 원고를 쓰느라고 어제 밤 한잠도 못 잤다, 야.

학생1 그래! 싸우다가 비록 죽는 한이 있더라도 싸워야지!

학생2 암! 우리에게 좋은 세상이 올 때까지 싸워야지!

학생1 아암! 저 놈들 수작에 넘어갈 우리가 아니지!

학생2 (학생1에게) 야, 손을 더 빨리 놀려. 구렁이 담 넘어가듯 등사기를 밀어서 언제 몇 천 장을 해낼 거야?

학생1 (손을 더 빨리 움직여 등사기를 밀며) 걱정 붙들어 매고 어서 종이나 싸게 싸게 뽑아내! 밤새도록 밀어 제키면 못해 내겠어?

학생2 제기랄! 인쇄소에서 하면 한 시간도 안 걸릴 텐데…

학생1 미친 소리 작작해라. 누가 지 모가지 내놓고 인쇄해 줄 사람 있담?

학생2	허긴! 총칼 앞에 떨지 않을 사람 없겠지!
학생1	이 세상은 총칼이 권력이고 왕인 세상이란 걸 몰라?
민우	(각오에 차서) 결코, 총칼로 다스리는 세상을 가만 둘 순 없지!
학생1	우리가 그러자고 이 고생을 하고 있는 것 아니겠어?
학생2	(학생1에게) 다 아는 얘기 그만하고, 어서 빨랑빨랑 밀어!
학생1	젠장! 이보다 어떻게 더 빨리 밀어! 팔 끊어지겠구먼.
학생2	나하고 교대한 지가 얼마나 됐다고 팔이 아파?
민우	(빙그레 웃으며) 니들 그러다가 싸우겠다.
학생1	안 그래도, 심심해 죽겠구먼! 누구하구 한바탕 붙었으면….
민우	18일이면 짭새들, 계엄군들과 신나게 한번 붙게 될 텐데, 뭐.
학생2	민우야. 그나저나 각 대학교 조직망은 빈틈없겠지?
민우	응! 모두들 전단지 나오기만 기다리고 있어.
학생1	우리 모두 조심해야 돼. 짭새들한테 걸리면 나무아미타불이야.
민우	그래야지. 우리도 밖에 나갈 땐 모두 변장하고 다녀야 해. 아까 나도 여기 오면서, (주머니에서 헌 모자를 꺼내 보이며) 이 벙거지 쓰고 쓰레기 봉지를 들고 청소부마냥 쓰레기를 주우면서 왔었어.
학생1	야! 그거 기발한 발상인데! (학생2에게) 안 그러냐?

학생2 짭새들이 봤어도 선량한 시민이 쓰레기를 줍는지 알았겠군.

민우 그랬겠지. (한숨) 그나저나, 내게 걱정이 하나 있다야….

학생1 걱정이라니? 뭔 일이 잘못된 일이라도 있는 거야?

민우 아니야. 실은, 오늘이 우리 할아버지 기일인데… 할머니께서 눈이 빠지도록 기다리실 텐데….

학생1 그래? 할머니께서도 이해해 주시겠지. 니가 얼마나 큰일을 하고 있는지 아신다면….

민우 실은, 우리 할아버지께서도 대한독립 만세운동을 하시다가 일본놈의 총에 돌아가셨어.

학생1 니 할아버지께서?

민우 응.

학생2 그러면, 니 집안이 독립유공자 집안이네?

민우 따지고 보면 그렇지만, 장터에서 만세운동을 했을 뿐인데, 뭐….

학생1 어디서 만세운동을 하셨건, 일본 놈들 총칼 앞에서 태극기를 흔들었다는 것이 중요한 거 아니겠어? (학생2에게) 안 그러냐?

학생2 그렇고 말고! 아무튼 금시초문이다 야. 민우, 니 할아버지께서 그런 훌륭한 분이라는 걸.

민우 우리 할아버지의 마지막 유언이 뭔지 아니?

학생1 우리가 니 할아버지 유언을 어떻게 알아?

민우   좋은 시상은 그냥 오는 것이 아니여, 야.

학생1   좋은 세상은 그냥 오는 것이 아니여?

학생2   그게 니 할아버지 유언이란 말이야?

민우   그래. 나도 우리 할머니한테서 들었는데, 그게 할아
       버지 마지막 유언이시래.

학생1   그래서, 니가 여기 전단지 문안에 좋은 세상이 그냥
       오는 것이 아니다, 라고 썼구나?

민우   그래! 좋은 세상이 올 때까지 싸우자는 뜻이지! (각오
       에 찬 눈빛)

학생2   (각오에 차서) 아암! 좋은 세상이 올 때까지 싸워야지!

학생1   저놈들이 총칼로 지 아무리 우릴 억압한다고 해도
       우리들의 맘을 빼앗지 못할 거야!

학생2   암! 빼앗길 우리가 아니고말고!

       민우, 각오에 찬 눈빛으로 허공을 바라보고 있다. 그리고 학생
       1과 학생2, 각오라도 하듯이 더욱 열심히 등사기를 밀고, 종이
       를 꺼내서 옆에 놓는다.

       이때, 밖에서 노크 소리가 들린다. 주먹으로 철문을 두드리는
       소리다. 모두 문소리에 동작을 멈추고 긴장하며 귀를 기울인
       다. 또 노크 소리.

학생1   (소리를 죽여서) 몇 번이었지?

학생2   글쎄?

민우　다섯 번 같은데?

학생1　글쎄….

다시 노크 소리. 다섯 번.

학생2　다섯 번이야. 하영이가 왔나 봐? (문을 열려고 나가려고 하자)

학생1　(나가는 학생2를 얼른 잡으며) 좀 더 기다려 봐.

다시 노크 소리. 다섯 번. 모두, 입속으로 노크 소리를 센다.

민우　다섯 번이야.

학생2　다섯 번 맞아?

학생1　그래. 맞아.

민우　내가 나갈게. (나간다)

학생1, 2, 긴장해서 문 쪽을 바라본다.
잠시 후, 자물쇠 소리. 철문 여닫는 소리. 또 자물쇠 소리. 발자국 소리.
이윽고 들어오는 민우와 하영. 하영, 손에 큼직한 비닐봉지를 들었다.

하영　(들어오면서 학생1, 2에게) 니들 귀머거리야? 노크 소리도 못 세게?

학생1 (멋쩍어서) 우리가 쫄아서 그래.

학생2 넋을 다 빼앗겨 버린 게지, 뭐.

민우 (어처구니가 없다는 듯이 웃는다)

하영 (봉지를 책상 위에 놓으며 민우에게) 왜 웃어?

민우 우습잖아? 사람이 사람 오는 것을 겁내는 세상이 돼
버렸으니….

하영 사람이 호랑이보다 무섭다는 말도 못 들어 봤어? 지
금 시내에 한 번 가봐. 총칼 든 공수대원들이 싸악
깔렸어. 경찰 놈들은 온데간데 없고 공수대원들만.
지금도 군인들이 탱크를 몰고 끝도 없이 들어오고
있다고.

학생1 탱크를 몰고?

하영 그래. 금남로에서 학생들이 산발적으로 데모를 하고
있는데, 공수대들이 총대로 인정사정없이 후려치면
서 해산을 시키고 있어.

민우 죽일 놈들! 경찰들로 안 되니까, 이젠 공수부대까지
동원을 했구만!

학생1 아무리 지랄해도 우릴 막을 수 있는지!

학생2 암! 탱크 아니라, 그보다 더한 무기도 우릴 못 막고
말고!

민우 하영아, 너 오면서 뒤따라온 짭새들 없었지?

하영 누가 짭새들에게 광고 내고 다닌담? (하고는 비닐봉지에

서 빵, 음료수 등을 꺼내 책상 위에 펼쳐 놓는다) 자, 이리 와
서 먹어. 먹어야 싸우지.

학생1 (먹을 것을 보자) 야! 하영이가 역시 우리의 구세주야!

하영 언젠 내가 구세주 아니었어?

학생2 암! 언제나 우리 구세주고 말고.

학생1 (빵을 집으며) 이 신셀 언제 갚지?

학생2 (역시 빵을 집으며) 그야, 좋은 세상이 오면 갚으면 되
지 뭐.

하영 잔말 말고 어서 먹고 힘이나 내. 비실비실해서 싸울
수나 있겠어?

학생 1, 2, 빵 봉지를 뜯고는 배가 고픈 듯이 먹는다.
음료수 병도 뚜껑을 따서 빵과 함께 마신다.
그러나 민우는 먹으려고 하지 않고 있다.

하영 민우 넌, 왜 안 먹어?

민우 별 생각 없어.

하영 그래도 먹어야지. (하고는 빵 봉지를 뜯어서 빵을 민우 입에
다 억지로 넣어 주며) 자, 먹어. 먹어야 싸우지.

민우 (억지로 받아 먹으며) 그래, 먹을게.

학생1 (먹으며) 야, 부럽다 야! 나도 입에 빵을 넣어줄 여자
가 있었으면…

학생2 (먹으며) 니가 왜 없어? 국문과 김수미. 진짜 싱글은

나야!

학생1   그 여잔, 나와 생사를 같이 할 여자가 아냐. 하영이를 봐라. 위험을 무릅쓰고 적지를 뚫고 와서 민우 입에 빵을 넣어준 걸. 얼마나 감동적이냐. 내가 바라는 여자는 바로 그런 여자야.

학생2   생사를 초월한 투사다운 화끈한 여자?

학생1   그래야 사랑도 화끈하게 할 게 아니겠어? 민우와 하영이처럼.

학생2   민우와 하영이가 투사답게 화끈하게 사랑한 사이야?

학생1   그럼. 투사답게 화끈하게 사랑한 사이고말고!

학생2   그럼, 우리 앞에서 화끈한 키스를 보여줄 수도 있겠네?

학생1   (맞장구를 치듯이) 키스뿐이겠어?

학생2   그럼, 화끈한 키스를 한번 보고 싶은 걸.

하영   (웃으며) 뭐라고? 너희들에게 화끈한 키스를 보여 달라고?

학생1   (부추기듯이) 예이, 부끄러워서 어찌 우리 앞에서 키스를.

하영   너희들 앞에서 키스를 할 수 없다고?

민우   (빙그레 웃으며) 미친놈들…

학생1   그럼, 우리 앞에서 화끈하게 키스를 보여줄 수 있단 거야?

학생2   (부추기듯이) 에이, 바라지도 마. 어찌 우리 앞에서….

하영   좋아! 한번 보여주지! (하고는 민우 앞으로 간다)

학생 1, 2, 서로 쳐다보며 속으로 킥킥 웃는다.

민우   (손을 막으며) 관둬. 저놈들 수작에 넘어가지 말고….
하영   한번 보여 주자고. 못 보여 줄 것도 없잖아? (하고는 앉아 있는 민우의 다리 위로 두 다리를 벌리고 대담하게 올라탄다)
민우   (좋으면서도 저지하며) 관두래도…
하영   보여 주자고. (하고는 아랑곳없이 민우의 입술을 끌어당겨 키스한다)

처음에는 수동적이었던 민우가 차츰 능동적인 동작으로 키스를 한다. 마침내 두 사람은 서로 정열적인 키스를 한다. 그 광경을 바라보고 있는 학생 1, 2의 눈이 휘둥그레진다.

하영   (얼마 후, 키스를 끝내고 민우에게서 내려와 학생 1, 2에게) 어땠어? 이만하면 투사다운 화끈한 키스잖아?
학생1 (놀라 얼떨떨해서) 야, 놀랐다 야…
학생2 (역시 얼떨떨해서) 역시 투사다운 화끈한 키스였어….
민우   (웃으며) 니놈들 덕분에 찐한 키스 한번 해 봤다.
하영   아, 나도 화끈한 키스를 하고 싶었던 참이었는데.
학생2 (당했다는 듯이 학생 1을 쳐다보며) 그럼, 우린 뭐야?
학생1 (웃으며) 우리가 한방 얻어맞는 거지, 뭐.

학생 1, 2, 우습다는 듯이 웃는다.

민우, 하영도 따라 웃는다. 얼마 후, 모두 웃음을 멈춘다.

하영   그러나저러나, 니들 앞으론 더욱 몸조심해야겠어.

학생1 그럼, 우리가 언젠 자유 몸이었나?

하영   니들 목에 현상금이 붙었어.

민우   뭐라고? 현상금이?

학생1 우리 목에 현상금이 붙었다고?

학생2 얼마나?

하영   각각 천만 원씩.

학생2 천, 천만 원씩?

학생1 우리들 목에?

민우   우리가 그토록 거물인 게야? 천만씩이나 붙게?

하영   지금 텔레비에서 아나운서가 개 짖듯이 짖어대고 있
어. 너희들 배후에 간첩이 있다고. 간첩의 사주로 폭
동을 일으켜 남한을 적화통일하려고 한다고….

학생1 그러면, 우리보고 간첩들의 사주를 받아서 데모를
하고 있다는 게야?

학생2 죽일 놈들! 이젠 별 수단방법으로 우리에게 올가미
를 씌우는 군!

학생1 잔인하게 진압하겠다는 뜻이겠지. 우릴 간첩으로 몰
아서….

하영   어떻게 진압하든, 저놈들은 명분이 찾겠다는 뜻 아

니겠어?

민우   (분해서) 찢어 죽일 놈들! 어째서 우리가 간첩이야!

하영   저놈들은 어떻게 하든 데모를 진압하려고 눈에 불을
켤 놈들인데. 어떤 올가미인들 못 씌우겠어. 어차피 귀
에 걸면 귀고리, 코에 걸면 코고리인 세상인데.

학생1   (분을 토하듯) 에끼! 똥물에다 튀겨서 죽일 놈들!

학생2   지금 똥줄이 당긴 놈들은 우리가 아니라 저놈들이야!

민우   그러니까, 수단방법 가리지 않고 우릴 압박한 거겠지!

하영   그러니 아무튼, 모두 더욱 조심하란 말이야.

사이.

하영   (넌지시) 민우야?

민우   …… (하영을 쳐다본다)

하영   니 어머니한테서 전화가 왔었어.

민우   어머니한테서?

하영   응. 니 아버지가 형사들한테 끌려가셨대.

민우   우, 우리 아버지가?

하영   그래.

학생1   민우 아버지가 형사들한테 끌려가셨다고?

학생2   왜?

하영   뻔한 것 아니겠어? 민우를 잡으려는 수작이겠지!

민우   (울분에 차서) 천벌을 받을 놈들! 우리 아버지가 뭔 죄

가 있다고 끌고 가? 뭔 죄가 있다고? (분에 못 이겨 주먹을 불끈 쥐며 부들부들 떤다)

하영 (민우의 어깨를 감싸며) 민우야, 진정해… 별일 없으실 거야….

학생1 (울분에 차서) 죽일 놈들!

학생2 지놈들이 지 아무리 발악을 해 보라지!!

모두, 분노가 치솟는다.
서서히 암전.

제3장. 취조실

책상이 하나. 책상 앞뒤로 의자가 둘. 책상 뒤의 의자에는 눈이 부실 정도로 강한 불빛이 내려친다. 그 의자에는 아무도 없다. 불빛만 강하게 빈 의자 위를 내려친다. 책상 앞 의자에 앉아 있는 형사1은 두 다리를 책상 위에 올려놓고, 조서인 듯이 보이는 서류를 들고 뒤적거리고 있다. 이윽고, 형사2가 손을 털며 안에서 나온다. 형사2는 만석을 고문하다가 나오는 모습이 역력하다. 형사1, 책상 위에서 다리를 내리고는 나오는 형사 2를 쳐다본다.

형사1 어때? 색깔이 나와?

형사2 색깔이 안 나오는데요.

형사1 안 나와?

형사2 그만큼 얻어맞고 물고문까지 당했는데도….

형사1 그래? (자리에서 일어난다) 이봐, 김형사.

형사2 네에?

형사1 형사 생활 몇 년째지?

형사2 오 년째입니다.

형사1 오 년이나 됐으면서 그것도 모르는 거야?

형사2 뭘, 뭘요?

형사1 색깔은 우리가 만드는 것이야. 우리가 원하는 색깔로! 우리가 빨간색을 원하면 빨간색으로 칠하면 되는 것이야!

형사2 어떻게 흰색에 빨간색을 억지로 칠합니까?

형사1 답답하군! 그러니까 김형사가 동료들에게 따돌림을 당하고 있는 것이야. 흰색이란 뭐야? 바탕색 아냐? 아무 색이나 칠해도 그림이 만들어질 수 있는 바탕색? 안 그래?

형사2 그래도, 그림이 안 나오는데 뭘 그려요?

형사1 그림은 우리의 맘대로 그리는 거야. 붓은 우리가 쥐고 있어. 그런데 그것 하나 못 그려 내는 거야?

형사2 …….

형사1 이봐, 김 형사? 요즘 간첩 한 명 잘 그리면 얼만 줄 알아? 오천만 원이야. 그 자식놈까지 잘 그리면 일억

에다가 일계급 특진이란 걸 몰라? 거기다가 자식놈 현상금 천만 원까지 챙기면 도합 얼마야? 일억 천만 원에다 일 계급 특진이야?… 김 형산, 욕심도 없나?

형사2   그래도, 어찌 생사람을….

형사1   쯧쯧… 참으로 순진하긴! 요즘 세상 돌아가는 꼴도 안 보는 거야? 없는 그림도 자기들 멋대로 그려 내고 있잖아. 인권? 요즘 세상에 인권 같은 건 씨알 까먹을 소리야. 양심이나 인권 같은 것은 이 땅에 없다는 걸 몰라? 그런 것은 이미 저승으로 가버린 지 오래야. 어차피 요즘 세상은, 손에 총칼 쥔 놈들이 지들 맘대로 만든 세상이 요즘 세상이라고!

형사2   아무리 그래도 그렇지….

형사1   김 형사. 내가 충고 하나 할까? (형사2는 말없이 형사1을 빤히 쳐다보고만 있다) 요즘 세상은 말이야, 김형사처럼 양심, 인권 같은 것 챙기면 살아남지 못해. 더욱이 우리 세계에선. 그러니 혼자서만 군계일학인 것처럼 행동하지 말라는 말이야. 내 말 무슨 말인지 알겠어?

형사2   …….

형사3, 만석을 끌고 나온다. 만석은 심한 고문에 기진맥진한 모습이다.

목발도 제대로 움직이지 못한다. 만석의 머리와 얼굴에는 물고문을 당하였는지 아직도 물이 흘러내린다. 형사3은 만석을 팽

개치듯이 책상 뒤 의자에 앉힌다. 만석, 몸을 가누지 못하고 흐느적거리며 앉는다. 강한 불빛이 만석의 얼굴에 쏟아진다.

형사1　(다시 의자에 앉는다. 잠시 만석을 바라본다) 고개를 드시오?

만석　…….

형사3　(손으로 만석의 머리를 내리치며) 이 새끼야! 고개를 들어야잖아?

만석　……. (무겁게 고개를 들어 형사1을 멍히 쳐다본다)

형사1　(다정하게) 어떻습디까? 고문 받을 만하던가요?

만석　……. (형사1을 멍히 쳐다볼 뿐)

형사1　다시 한번 말하는데, 우리 쉽게 끝냅시다. 이걸 가지고 질질 끌면 서로가 피곤하잖소. 당신이 아무리 입을 다문다고 해도, 우린 당신 입을 열 방도가 많아요. 몇 대 맞고 물고문 당하는 것, 그건 아무것도 아니죠. 전기고문을 한번 당해 보세요. 정말로 사지가 뒤틀리고 초죽음이 되죠. 그리고 또 바늘로 손톱 밑을 찌르는 고문은 어떤 줄 아시우? 바늘로 손톱 밑을 찌른다고 별것 아니겠구나 하겠지만, 천하장사도 견디지 못하는 고문이죠. 지금처럼 물에 고춧가루 탄 물고문 같은 것은 고문도 아니란 말이오. 내 말 뜻 아시겠소?

만석　…….

형사1　(넌지시) 다시 한번 묻겠소? 지금도 빨갱이들과 접촉

하고 있죠?

만석　…….

형사1　그렇죠? 빨갱이들에게 지령을 받고 그 지령을 아들에게 내린 것, 맞죠? 광주에서 폭동을 일으켜서, 그 여세를 몰아 이 나라 전체에 폭동 일으켜서 적화통일하자고? 내 말이 맞죠?

만석　(지친 목소리로) 지, 지는 빨갱이가 아닙니더….

형사3　(만석의 옆구리를 발로 치며) 이 새끼얏! 빨갱이 짓을 했잖아? 빨갱이 짓을?! 지금도 하고 있고?! 안 그래?!
(만석, 굼벵이처럼 꿈틀거릴 뿐)

형사1　(형사3에게 만류하듯이) 아, 이 형사, 진정하라고.

형사3　아이구! 나도 수많은 죄수들을 문초를 해봤지만, 이런 놈은 처음 봤습니다! 도대체 이건 무쇠도 아니고….

형사1　아, 진정해. 사람을 봐서 대해야지. 이런 사람은 고분고분 말로 풀어야지. (만석에게) 안 그렇소?

만석　…….

형사1　자, 우리 차근차근 풀어가 봅시다. 지금도 그때 빨치산 생활이 그립죠? (혼자서 단정 짓듯이) 그럴 겁니다. 사람은 옛날이 그리워지기 마련이죠. 옛날이 아무리 고통스러운 나날이라 할지라도 그리워지기 마련인 게 사람이죠. 그래서 사람은 추억을 먹고 산다고 하지 않습니까? 그렇죠? 지금도 그 옛날 빨치산 생활이 그럽죠?

만석   참말입니더. 지, 지는 빨갱이가 아닙니더!

형사1   (버럭 화를 내며 주먹으로 책상을 치며) 어쨌든 빨치산 생활을 했잖아?! 양민 학살도 했고? 지금도 빨갱이 짓을 하고 있고? 안 그래?

만석   고, 고것은….

형사1   (다시 부드럽게) 그것은?… 그것은? 말 끊지 말고 말을 해봐?

만석   고, 고것은… 어, 어느 날, 이웃집에서 머슴살이를 헌 바우란 놈이 집에 찾아 왔었지라. 좋은 시상이 왔다구 좋아허면서… 인잔 머슴살이도, 소작도 안 허구도 잘 입고 잘 먹구 살 수 있는 시상이 왔다면서… 그렇다믄서 같이 가자고 허더라구요.

형사1   그래서, 따라갔었다?

만석   야… 뼈 빠지게 고생히여도 지주에게 주고 나믄 빈 손인 시상인디, 좋은 시상이 온다는디 따라가지 않을 사람이 있겠습니꺼.

형사1   그래서 좋은 세상을 찾아 나섰다? 그래서 따라갔더니?

만석   갔더니, 마을 청년들이 여럿이 모여 있드구먼이요. 인민군이라는 사람도 있구요.

만석의 말이 끝나자, 취조 장면의 불이 꺼지고 한쪽에 불이 들

어온다. 그 불빛 안에 초췌한 모습의 마을 청년들과 권총을 찬
인민군이 보인다. 물론 청년 시절의 만석이도 그곳에 서 있다.

인민군   (완장을 찬 바우에게) 동무. 모두에게 완장을 나눠 주라오.
바우   예에. 예에. (하고는 마을청년들에게 붉은 완장을 나눠 준다)

마을 청년들, 얼떨떨한 표정으로 바우가 준 완장을 받는다.

바우   (다 나눠 주고 인민군에게) 다 나눠 줬습니다.
인민군   다들 받은 완장을 왼쪽 팔에 차시라오!

마을 청년들, 역시 얼떨떨한 표정으로 완장을 왼쪽 팔에 찬다.

인민군   (죽창을 들고 있는 청년 1에게) 다음은 죽창을 나눠 주시
             라오!
청년1   예에. (하고는 모두에게 죽창을 하나씩 나누어 준다. 역시 마을
             청년들은 얼떨떨한 표정으로 죽창을 받는다)
인민군   자, 동무들! 들으시야요! 모두 왼팔에 붉은 완장을
             찼수다! 이 완장을 찬 사람들은 모두 우리 편이란 뜻
             이디오. 이제 우리는 조선민주주의 인민공화국 인민
             군 총사령관 김일성 장군의 영용한 지도 아래 움직
             이는 영웅적인 역군이 되었단 뜻이디오! 조선 인민
             공화국 인민군 총사령관 김일성 장군께서는 남조선

동포들을 부르즈와 놈들한테서 해방을 시키기 위해서 불철주야 분투하시고 계시디오! 그것은 오직 남조선 모든 동포들이 모두 공평하게 잘살게 될 세상을 만들기 위해서디오. 이젠 우리들에겐 노예처럼 일하는 머슴도 없을 것이고, 일년 내내 농사지어서 지주에게 바치고 나면 곡식 한 톨 남지 않은 소작인도 없을 것이란 말이디오. 물론, 소작인의 피를 빨아먹고 사는 거머리 같은 지주란 놈들도 없을 것이디오. 다시 말해서 앞으로 우리들에겐, 지주도 소작인도 머슴도 없는 세상이 올 것이란 말이디오. 너나없이 모두 똑같이 잘 입고 잘 먹은 세상이 온단 말이디오! 우리 인민공화국 인민군 총사령관 김일성 장군께서는 남조선 동포 여러분들을 누구나 행복하게 잘 살 수 있는 지상낙원을 만들 것이디오! 그 지상낙원을 위해서 우리는 배때기에 기름만 낀 부르즈와 놈들과 싸워야 되디오! 내 말이 무슨 뜻인지 알겠소? 알겠으면 죽창을 높이 들고 소리쳐 보시라오! 만세!

모두들 (죽창을 높이 쳐들며 외친다) 만세! 만세! 만세!

인민군 (멍히 서 있는 만석에게) 그런데, 동무는 왜 가만히 있수? 내 말이 무슨 뜻인지 모르겠단 말이요?

만석 (쩔쩔매며) 아, 아, 알겠습니더….

인민군 동무 이름이 뭐요?

만석 박, 박만석이구만이라.

인민군	박만석? 박만석 동무?
만석	예에, 예에….
인민군	박만석 동무는, 호의호식하며 살고 싶지 않소?
만석	아, 아닙니더… 으, 으, 찌….
인민군	그러면 지상낙원에서 살고 싶단 말이디오?
만석	예에, 예에, 그렇습니더….
인민군	그렇다면, 이렇게 외쳐 보시라오? 나는 조선민주주의 인민공화국의 영웅적인 역군이다! 어서요?
만석	나, 나, 나는….
인민군	조선민주주의….
만석	조, 조선민주주의….
인민군	인민공화국의….
만석	인, 인민공화국의….
인민군	영웅적인 역군이다!
만석	영, 영웅적인 역군이다!
인민군	좋수다! 이젠 만석 동문 조선 인민공화국 영웅적인 역군이 됐수다!
만석	아, 알겠습니더.
인민군	(모두에게) 모두들 명심하시라오! 우리 모두 조선 인민공화국의 영웅적인 역군이란 것을! 모두 부르즈와 놈들과 용감하게 싸우겠다는 것을 맹세하슈! 맹세합니까?!
모두	맹세헙니다! (그러나 만석은 입안에서 우물쭈물해 버린다)

인민군   좋수다! 그러면, 오늘 우리는 이 맹세를 굳건히 하기 위해서 부르즈와 한 놈을 우리 손으로 처단할 것이오!

곧이어, 마을 청년 두 명이 지주를 끌고 들어온다.
만석, 끌려오는 지주를 보자 놀란다.

인민군   이 자를 기둥에 묶으시오!

두 마을 청년, 지주를 기둥에 묶는다.

인민군   자! 이 자를 보시라오! 지금까지 이 자는 손가락 하나 까딱하지 않고 여러분들의 등골만 빼먹고 살아온 지주 놈이디오! 오늘 이 자를 처단하고, 그리고 이 자가 가지고 있는 땅과 재산을 모두 몰수하여 모두 여러분들에게 공평하게 나눠 줄 것이오! 모두들 찬성합니까?!

모두   (의기양양해서 죽창을 높이 들며) 찬성이요! 찬성이요!

만석   (지주를 바라보고 울먹이며) 어, 어르신….

인민군   자! 그럼, 한 사람씩 나와서, 손에 들고 있는 죽창으로 이 자의 가슴을 찌르시라오! 누가 먼저 찌르겠수?

바우   (나오며) 지가 먼저 찌르겠쏘!

만석   (나가는 바우를 만류하듯이) 바, 바우야….

바우   (아랑곳없이) 지는 십년 동안 이 영감탱이 집에서 머슴살이를 했구만이라. 근디, 품삯을 한번도 지대로 준 적이 없었쏘! 품삯을 깎고 또 깎고 허면서… (지주에게) 지를 똑바로 쳐다보시오잉? 안 그랬소?

지주 (눈을 부릅뜨며) 이눔아! 말은 똑바르게 히여라! 은제 나가 니 품삯을 깎고 또 깎았단 게야? 이눔아! 하늘이 무섭지 않느냐?

바우 요놈의 영감탱이 안즉도 주둥이만 살았구먼잉! 시상이 바뀐 지도 모른 것이여! 시상이! (하며 죽창으로 지주의 가슴을 찌른다. 지주, 억하고 외마디 소리를 지른다. 지주의 가슴에서 피가 주르륵 흐른다)

인민군 (박수를 치며) 모두 박수! 박수! 박수!

모두, 박수를 친다. 그러나 만석은 마지못해 박수를 친다.

인민군 그럼, 다음부턴 한 사람씩 나와서 찌르시라오! 다음 사람!

마을 청년 1, 2, 3, 4, 한 사람씩 나와서 죽창으로 지주를 찌르고는 물러난다. 지주는 이미 죽어서 고개를 떨어뜨렸다.

인민군 (망설이고 있는 만석에게) 동문, 어찌 나서지 않고 있소?

만석 (벌벌 떨며) 이, 이미 죽었는디요….

인민군 그래도 어서 나와서 찌르시라오! 이것은 우리 맹세의 증표요!

만석 (그래도 어찌할 바를 모르고 망설인다)

인민군 동문, 우리에게 반동을 하겠단 것이오? 어서 찌르시라오?

만석 (마지못해 나선다. 그러나 차마 찌르지 못하고 있자)

인민군 (재촉하듯이) 동무! 기어이 반동을 하겠단 것이오?

만석 (죽창을 힘껏 잡는다. 눈을 딱 감고 힘껏 지주의 가슴을 찌르고 뺀다. 그리고는 괴로워하며 혼자 말처럼) 어, 어르신… 용서하시소….

처형장의 불빛이 꺼지자 다시 취조실에 불빛이 들어온다.

만석 (울먹이며) 으쩔 수 없었지라… 인민군이 시키는 디로 헐 수밖에….

형사1 그래서 그 말을 우리 보고 믿으란 게요? 어쩔 수 없이 빨갱이가 됐다고?

만석 지, 지 말은 모두 사실입니다.

형사3 (구둣발로 차며) 이 새끼야! 어디서 거짓말이야?! 처음부터 좋은 세상이 온다니까 자진해서 따라갔었잖아?

형사1 (형사3을 만류하듯이) 아, 이형사.

형사3 (분을 삼키며 형사1에게) 이런 놈의 변명을 들을 필요가 뭐 있습니까? 전기고문해서 통닭구이 만들면 자연히 불게 될 테니까요!

형사1 아, 진정하래도, 이형사.

형사3 모르십니까? 빨갱이들은 말로 해선 절대로 입을 열지 않는다는 걸.

형사1 (다시 만석에게) 그래서, 그 다음은 어찌 됐소?

만석 그 후 을마 있다가 군인들이 들어 왔었지라. 그래서 우린 허는 수 없이 산으로 도망을 갔구만이라.

형사1 그럴 테지. 당신도 죽창으로 지주를 찔렀으니.

만석 그라제라. 이미 죽은 사람이었지면, 찌른건 찌른 거지라.

형사1 그래서, 산으로 도망 가서 빨치산 생활을 시작했다?

만석 산으로 안 들어갈 수가 없었지라. 뒤에서 총을 들고 가자고 허는디… 그란디, 산에 있는디, 밤만 되믄 농가로 내려가 남의 곡식을 강제로 빼앗구, 소, 돼지, 닭을 잡어 왔었지라. 쥔이 안 된다고 허믄 마구 죽이고… 그래서 나 혼자서 생각했었지라. 여그도 좋은 시상은 아니구나 하구요. 그래서 어느 날, 비 오는 밤에 몰래 도망을 쳤었지라.

형사1 어디로?

만석 집으로유….

형사1 집으로?

만석 야. 달이 밝은 밤이었지라. 집에 갔는디, 차마 엄니하구 부를 수가 없드라구요. 히여서, 으찌할까 망설이고 있었는디, 개 짖는 소리가 들립디더. 집집마다 있는 개가 마구 짖어 댔었지라. 그래서 이상하다 싶어 귀를 기울여 봤더니, 사람들 발자국 소리가 들립디더. 그라고는 쪼간 있으니께, 발자국 소리가 우리집 싸리문 앞에서 멈추드라고요. 그래서 얼른 마당에 쌓아 놓은 볏짚 속으로 숨었지라. 그라고는 볏짚 사이를 헤치고 밖을 보잉께로, 군인 세 사람이 총을 들고 들어오더구먼이라. 하도 달빛이 밝아 얼른 알아볼 수 있었지라. 군인들이 들어오더니면, 집안 여기저기를 뒤졌지라. 그래도 나가 없자, 방문을 박차고 들어가더니면, 식구들을 마당으로 끌어내드라구요. 지 엄니, 지 마누라, 어린 딸년꺼지도. 그라고는 총으로 위협하믄서 나가 있는 곳을 말하라믄서… 엄니께서 집에 안 왔다고 허니까, 나가 집에 오는 것을 본 사람이 있다고 허믄서, 지 엄니와 마누라를 마구 군화발로 차드라구요.

이때, 한쪽에 조명으로 원이 그려진다. 이 조명 안에서 만석의 아래 대사내용대로 군인들이 만석의 어머니, 마누라, 딸에게 행동한 동작들이 마임으로 펼쳐진다. 그리고 한쪽에서 종전대로 계속 취조하는 장면이 펼쳐진다.

만석   군인 세 명이 갖은 못된 소리를 히여 되며, 칼로 마누라 옷을 찢고, 강제로 옷을 벗기더라구요. 그라고는 세 사람이 합세해서 지 마누라를 강제로 눕히고… 지 마누라는 소락지를 지르며 몸부림을 치자, 엄니와 어린 딸년은 마누라헌티서 군인들을 마구 떼여내려고 붙들고 또 붙들자, 군인들이 총대로 지 엄니와 딸년을 사정없이 내려치더구만우… 엄니와 딸년은 그 자리에서 푹 쓰러지드니면 움직이지도 않드라구요. 그란디도, 군인들은 나 몰라라 허고 또 지 마누라에게 그 짓을 허기 시작했었지라. 지는 그 장면을 보고 있었는디, 순간, 눈이 확 뒤집혀 지드만이라. 그래서 볏짚을 박차고 뛰쳐나가믄서 소락지를 질렀지라. 이놈들아! 나가 박만석이다! 하믄서….

한쪽 조명이 사라지고, 마임도 끝난다.
다시 취조 장면만 불이 들어온다.
잠시 사이.

형사1   그래서 군인들에게 끌려갔겠군?

만석   그랬지라. 끌려가서 숙도록 매를 맞았습니더. 이 다리도 그때 요로코롬 빙신이 됐습니더. 오년간 옥살이도 혔구요. 그때, 마누라, 딸년은 빙신이 돼 부렸꼬, 나 엄니는 속뱅이 생겨서 시방도 악몽을 꾼덥니더….

형사1   그래서, 그게 모두 사실이니, 믿어 달라? 난 빨갱이가 아니다…?

만석 사실입니다. 지는 빨갱이가 아닙니다. 기냥 강제로 끌려다녔을 뿐입니다. 지발, 절 좀 믿어 주십시오! 지는 빨갱이가 먼지도 모르는 사람입니다.

형사3 (다시 발로 차며) 이 새끼야! 빨갱이 짓을 했으면서도 빨갱이가 뭔지도 몰라?!

만석 (반항하듯이) 으째 사람이 사람의 말을 그리도 믿지 않으십니꺼! 지는 죽으믄 죽었지 빨갱이가 아닙니더! 참말입니더! (울먹이며) 그때, 바우란 놈만 따라 가지 안혔더라도, 그때 나서지만 안혔더라도 그토록 모진 고생은 안혔을 겁니더! 지 엄니께선 늘 당부를 하셨습니더. 사람들이 나서자고 히여도 절디로 나서지 말라고 신신 당부를 혔었습니더. 지 아부지도 대한독립 만세운동을 허려고 마을 사람들 따라 장터에 가서 일본 놈들 총에 맞아 돌아가셨다믄서… 그란디, 그때 지가 먼 도깨비헌티 홀렸는지 바우란 놈이 좋은 시상이 온다기에 따라 나섰었습니더. 참말이지, 시방도 도끼로 이 두 다리를 동강내고 싶은 맴이 하루에도 열두 번도 더 생깁니더. 이 다리만 읎었으믄 나서지도 않았을 것이고, 나서지만 않았으믄, 지도 그토록 모진 고생도 안혔을 것이고, 지 엄니, 마누라, 딸년에게도 고런 아픔을 주지 않았을 겁니더! 지 딸년은 그때 군인들에게서 총대로 머리를 맞아 빙신이 되어, 나이가 서른여섯이 됐는디도 시집도 못 가고 빙신으로 있습니더. 지 마누라는 시방도 그때 군인들에게 당헌 일로 악몽을 꿉니더. 지 엄니도 그렇고요… 모두 다 지 땀새 그리 됐는디, 그 꼴을 바라보고 사는 지는 심장은 오즉허겄습니꺼? 참으로 복장이 터지옵니더! 복장이유! 그란디, 모든 것이 빨갱이들 땀새 요로크롬 돼 부렸는디, 그런 지를 보고 빨갱이이라고라? … 지는 낫 놓고 기억자로 모르는 무식헌 놈입니더. 허지면, 긴 것을 아니라고 허지는 않습니더. 아닌 것을 기라고 허지도 않구요! 지 자슥 놈도 그렇습니더! 허튼 짓은 안 허는 놈입니더. 머가 잘못되었는지는 모르겄습니더면, 절디로 빨갱이 짓 같은 것은 헐 놈이 아닙니더! 지발, 지발 좀, 지 말을 믿어주십씨오! 지발! 지발…. (괴로워 한다)

형사1 (일어나며) 허지만, 아들놈이 허튼 짓을 하고 있으니 문제죠!

형사3 글쎄, 이런 놈은 전기고문을 해서 쓴맛을 봐야 불 놈 이라니까요. 반장님. 다시 한번 제게 한번 맡겨 주세요. 어떻게 해서든 제가 불게 만들 테니까요!

형사1 (형사 3을 잠시 쳐다보다가) 자신 있겠냐?

형사3 네에. 자신 있습니다! 전기고문하면 불지 않고 배기 겠습니까?

형사1 (결심이라도 하듯이) 좋아! 한번 더 시도를 해보지!

59

만석   (괴로워하며 단호하게) 지는 죽으믄 죽었지 빨갱이가 아닙니더!

형사3   (만석을 난폭하게 잡아 일으키며) 일어나! 기고 아닌 것은 전기고문이 결정해 줄 거다! 누가 이기는 지 한번 해 보자! (지금까지 묵묵히 지켜만 보고 있는 형사2에게) 이봐, 김형사? 왜 그렇게 멍청하게 서만 있어? 이놈을 고문장으로 끌고 가야지?

형사2   (마지못하듯이 가서 형사3과 합세하여 만석의 팔을 붙든다)

형사1   (형사2, 3에게) 그림을 한번 잘 그려 보라고! 그림을!

형사2, 3, 만석을 끌고 안으로 들어간다.
만석, 목발을 짚으며 휘청거리며 끌려간다.
형사1, 어떤 생각 속에서 어금니를 깨문다.

서서히 암전.

제4장. 집 (1장과 같음)

황혼. 무대에는 아무도 없다. 어디선가 까마귀 울음소리가 들려온다.
이윽고 마을 건달1, 2가 슬며시 들어온다. 여기저기를 기웃거린다.

건달1   으째, 조용헌디?

건달2   아무도 없냐?

건달1   한번 불러 봐?

건달2   여보씨우? 아무도 없쑤?

아무 반응이 없다.

건달2   그라믄 우리가 직접 집안을 뒤져 볼까?

건달1   아서. 모가지에 천만 원이나 매달린 놈이 허술한 곳
        에 숨것어?

건달2   그라믄, 순덕이가 말허지 않으믄 으짜지?

건달1   말헐 꺼여. 나가 지를 좋아허구 있는 줄 알거든. 민우
        놈이 숨어 있는 곳을 알기믄 허믄 말헐 거여. (자신 있
        게) 암! 말허구말구!

건달2   고로코롬 가까운 사이란 말이여? 비밀을 털어 놓을
        먼큼?

건달1   암! (아릇한 미소) 쩌번에 술을 먹고 얼끈허게 취해서
        오는니, 길에서 만났었제.

건달2   그라서?

건달1   그라서 밀밭으로 데고 가서 한번 눌러 주었제.

건달2   참말이여?

건달1   참말이랑께. 근디, 머리는 쪼간 모자라도 몸은 완전
        한 여자드랑께. 알 것은 다 아는….

건달2   (군침을 삼키며) 그랴?

건달1   니두 은제 한번 꼬셔서 히여 봐. 길은 아즉 덜 들었
         지먼….

건달2   (헤헤 웃고는) 그라믄, 은제 나두 한번 맛보고 싶네잉?

건달1   그랴. 순덕이두 좋아헐 꺼구먼.

건달2   그랄까?

         두 사람, 야릇한 웃음을 짓는다.

건달1   그나저나, 순덕이가 으디 갔을까?

건달2   증말, 순덕이가 알고 있으믄 말할까?

건달1   말 안 하믄 말하게 맹글어야제. 천만 원이 뉘 집 개
         이름이여!

건달2   암은! 거금이지! 울 둘이 오백만 원씩 나누믄?

건달1   을매간은 똥폼 잡을 먼헌 돈 아니여!

건달2   그라재! 우리 뜻대로만 된다믄야…

건달1   쩌그 순덕이 오그먼.

건달2   그랴? (길 쪽을 바라보며) 그라구먼.

건달1   닌, 쪼간 으디에 숨어 있을래.

건달2   그랴. 곳집에 숨어 있을께 자알 히여 봐. (하고는 얼른
         곳집 안으로 들어간다)

         순덕, 들어온다. 손에 꽃을 한 아름 들었고, 머리 이곳저곳에도

62

꽃을 꽂고 있다.

그녀는 동요를 부르며 마치 어린애처럼 껑충껑충 뛰면서 들어
온다.

순덕(노래) 나비야 나비야날아라 날아라하늘 높이 날아라꽃밭
에 앉으믄독사헌티 맥힌다.

건달1 (순덕이 앞으로 다가가서 미소 지으며) 순덕아!

순덕 (깜짝 놀란다) 위매, 놀래라. (금방 빙그레 웃으며) 와, 왔어?

건달1 (능글맞게 미소 지으며) 잉. 니가 보고 싶어 왔제.

순덕 (수줍어하며) 그라….

건달1 근디, 워딜 갔다 오는 것이여?

순덕 우리 할아부지 뫼등에, 할머니하구….

건달1 근디, 할머니는 으째 안 와?

순덕 기냥 거기 더 기시겠디어.

건달1 그랴… 니 엄니는?

순덕 장에 갔제.

건달1 아부진, 안즉도 안 나오셨구?

순덕 (갑자기 시무룩해서) 그라….

건달1 (미소를 지으며) 나, 니가 겁나게 보고 싶어서 왔구먼잉.

순덕 나, 나가?

건달1 을마나 보고 싶었다구! (넌지시) 넌, 나가 보고 싶지
않았는게 배?

순덕 (부끄러워하며) 몰라, 몰라….

건달1 우리, 밀밭에서 있었든 일, 생각 나아? 그때 우리가 을마나 좋았어?

순덕 (부끄러워서 얼굴을 붉히며) 나, 난, 무, 무서웠어….

건달1 (가서 순덕의 어깨를 넌지시 감싸며) 괜찮아. 그땐 처음이 었응께 그란 것이여. 앞으론 안 무서울 꺼여. 우리 여 기 쪼간 앉을까? (하고는 순덕을 끌고 가서 평상에 앉힌다. 그리고는 한쪽 손으로 순덕의 가슴을 더듬는다)

순덕 (부끄러워서 건달1의 손을 밀어내며) 이, 이러지 마….

건달1 (더 깊숙이 더듬으며) 괜찮아. 우린, 서로 좋아 허는 사인 디….

순덕 니가, 나 만지믄, 나 얼굴이 빨개져….

건달1 안 좋아?

순덕 모, 몰라… 몰라….

건달1 나는 좋은디… (손이 점점 순덕의 하체로 뻗어 더듬는다)

순덕 이, 이러지 마. 나, 얼, 얼굴이 점, 점점 빨개져….

건달1 순덕아?

순덕 으응?

건달1 민우 집에 안 왔니?

순덕 우리 민우? 안 왔어.

건달1 그라믄 민우 시방 어디 있는 것이여?

순덕 광주에서 대핵교에 다니제.

건달1 고건 나도 알아. 나 말은, 집엔 안 왔느냐께?

순덕 안 왔당께.

건달1 참말로 안 왔어?

순덕 참말이랑께.

건달1 니는 알고 있지, 시방 민우가 있는 곳을?

순덕 광주에 있제, 으덨어.

건달1 광주 으디에?

순덕 몰라.

건달1 아니야. 넌 알고 있을 거여. (하면서 순덕을 자연스럽게 평상 위에 눕힌다. 그리고는 순덕이를 더욱 심하게 애무하며) 순덕아. 말해 줘, 민우 있는 곳!

순덕 (흥분이 되어서 신음소리를 내듯이) 모, 몰라… 몰라… 증, 증말….

건달1 나가 요로코롬 만져주니께, 좋지?

순덕 (좋으면서도) 모, 몰라… 몰라… 얼, 얼굴이 빨개져….

건달1 민우 으덨지?

순덕 (여전히 신음소리처럼) 모, 몰라… 몰라… 모른당께….

이때, 목발을 짚으며 절뚝거리며 들어오는 만석. 얼마나 고문을 당하였는지 몰골이 말이 아니다. 만석, 이 광경을 목격하자 벼락같이 소리친다.

만석 이눔아!

건달1, 순덕, 깜짝 놀라 얼른 일어난다. 순덕, 겁에 질린 표정으로 얼른 옷깃을 매만진다. 그러나 건달1은 아무 일도 없었다는 듯이 천연덕스럽게 하늘을 쳐다본다. 그 바람에 곳집에 숨어 있던 건달2가 나온다.

만석   (죽일 듯이 건달1을 쏘아보며) 너, 너, 시방 무신 짓을 한 것이여?

건달1   (천연덕스럽게) 나, 아무 짓도 안했구만이라.

만석   아무 짓도 안 혔어?! 나가 이 두 눈으로 똑똑히 봤는디?!

건달1   그랬다믄, 나가, 당신 딸을 쪼간 만졌소!

만석   (목발을 높이 쳐들고 치려고 하며) 머시 으짜고 으째?!

순덕   (말리려는 듯이) 아, 아부지….

건달1   목발로 날 칠라고라? (대들며) 좋쏘! 한번 쳐 보쑈?!

만석   나가 치라면 못 칠 것 같으냐?!

순덕   (목발로 건달1을 내려치려고 하자 순덕이가 얼른 가서 만석의 손을 잡으며) 아부지….

만석   이년아! 쩌리 비껴라! (하며 순덕을 사정없이 뿌리치자 순덕이 저만큼 쓰러진다)

건달1   (비아냥거리듯이) 그 목발 그만 내려 놓씨오잉? 한쪽 발로 날 칠 것 같쏘?

만석   (치려고 덤벼들며) 그라도 이눔이! (하며 치려고 다가가다가 건달 1이 피해 버리자 만석은 중심을 잃고 쓰러지고 만다)

순덕   아부지…. (하며 얼른 가서 만석을 일으킨다)

건달1 흥! 목발 없으면 한 발자국도 걷지 못한 주제에 날 치겄다고라?

만석 (목발을 짚으며 다시 일어난다) 어서 썩 꺼져! 썩 꺼져!

건달1 걱정 마쑈! 빨갱이 집에 더 있으라 히여도 안 있을 탱께!

만석 머, 머시라고? 빠, 빨갱이 집?

건달1 그라믄, 빨갱이 집, 아니요?

만석 이눔아, 고건….

건달1 나가 당신을 볼 때마다 치가 떨리요잉. 잊었쏘? 당신 이 우리 아부질 죽창으로 찔려 죽였다는 것을?

만석 이눔아, 나가 말허지 않더냐? 니 아부지를 나가 죽인 게 아니라고!

건달1 흥! 이미 죽은 사람을 죽창으로 찔렀을 뿐이다?

만석 그랴, 이눔아!

건달1 그만 두씨오. 그 이약은 수백 번 들었웅게.

건달2 (지켜만 보고 있다가 건달1에게) 그만 가자.

건달1 (가지 않고 만석에게) 민우 목에 현상금이 걸려 있는 것 알지라우?

만석 (건달1을 쏘아보며) 그, 그랴서?

건달1 민우 으디 있는지, 우리에게 쪼간 갈쳐 주씨오.

만석 머시 워짜고 워째야?

건달1 우리가 현상금을 타믄, 그라믄 민우 아부지의 죄도 쪼간은 감해질 것 아니겄쏘. 그라니 속죄허는 맴에

서 쪼간 갈쳐 주씨오. 민우 놈도 빨갱이라라고 허니,
은젠간 누구한티 잡힐 것 아니겄소.

만석 (어안이 벙벙해서) 머, 머시라고야?

건달1 그람, 우리 갈탱께, 잘 생각히여 보쑈! 워느 길이 속
죄허는 길인지 자알 생각히여 보구 답해 주씨오. 알
았지라?

만석 (어안이 벙벙해서) 머, 머라고야?

건달1 (건달2에게) 가자.

건달 1, 2, 의기양양해서 나간다.
만석, 나가는 건달 1, 2를 노려본다.

순덕 (울먹이며) 아, 아부지… 지가, 지가 잘못했구만이라
우….

만석 (퉁명하게) 되았다. 앞으론 저런 놈들 가까이 허덜 마.

순덕 야. 그랄께라….

만석 꼭 명심히여!

순덕 (고개만 끄덕이며) 야….

덕성댁, 허리에 광주리를 끼고 들어온다. 덕성댁, 만석을 보자,
반가움과 안타까움이 엇갈린 표정으로 만석을 맞는다.

덕성 워매, 워매, 은제 오셨쏘?

만석	쪼간 전에….
덕성	(광주리를 땅바닥에 내동댕이치고는 만석의 손을 덥석 잡으며) 워매, 을매나 고생헛소?
만석	(퉁명스럽게) 나 죄없는디 설마 지놈들이 날 으쩌겄어!
덕성	(만석의 얼굴을 매만지며) 옴매, 얼굴이 말이 아니요잉.
만석	잠을 못자서 그랴…. (덕성댁을 뿌리치고 외면한다)
덕성	(한숨을 지으며) 어따, 웬수 눔의 시상….
만석	근디, 엄니는 으디 가신 게여?
덕성	집에 안 기시오?
순덕	할, 할아부지 뫼등에 기셔.
만석	할아부지 무덤에?
순덕	(고개를 끄덕이며) 응.
덕성	아들 손자 걱정돼서 아부지헌티 빌고 계신 갑쏘.
만석	그랴도 그라지, 날이 저무러가는디….
덕성	민우 아부지?
만석	……. (아내를 쳐다본다)
덕성	우리 낼, 민우 찾으려 광주 갑시더.
만석	가서, 으디시 찾께?
덕성	지가 장터에서 전화를 했었지라.
만석	전화를? 민우헌티?
덕성	아니라. 민우 여자 친구헌티요. 지난 겨울 방학 때 우리 집에 왔든 그 여자 친구한티요. 해산물을 보내믄서, 그때 적어준 전화번호가 있었구만이라.

만석	그라서, 민우 소식 들었어?
덕성	잘 있으니 염려 말라고 헙디다.
만석	염려 말라니? 민우 보고 빨갱이니 머니 허믄서 야단 인디?
덕성	그건 다 어떤 사람들이 꾸민 짓이랍디다.
만석	뭐시여? 어떤 사람들이 꾸민 짓이라고?
덕성	야. 지도 자세히는 몰라라. 아무튼 광주 가서, 민우를 만나 자초지종을 물어보믄 알겄지라.
만석	(결심한 듯이) 가자고! 내일 가자고, 광주!

서서히 암전.

제5장. 광주, 어느 거리

하늘이 터질 듯한 함성 소리. "군사독재 물러가라!" "민주주의 쟁취하자!" "계엄령을 철회하라" 등등. 함성 소리와 함께 무대 밝아진다. 광주, 어느 거리. 만석과 덕성댁, 넋을 놓고 소리 나는 쪽을 바라보고 있다.

덕성	쩌그가 전남 도청 앞이라?
만석	그라.
덕성	근디, 쩌리케 많은 사람들이 다 워디서 왔다요? 인산

인해라고 허는 말이 쩌런 걸 보고 허는 말인갑쏘잉.

만석   쩌 사람들이 대학생들과 광주 시민들인가 봬.

덕성   그라믄, 우리 민우도 쩌그 쩌 사람들 속에 있겄쏘잉?

만석   그라겄제, 대핵생이니께. 더구나 우리 민우가 데모 주동자라고 안 허든가.

덕성   그라믄, 으찌 찾은다요? 쩌리케 많은 사람들 속에 서….

만석   그랴두 찾아야제. 다른 방도가 없잖잖는게 배. 민우 여자 친구도 전화를 안 받으니.

덕성   그라믄, 민우 여자 친구두 쩌그에 있겄소잉?

만석   그라겄제. 그 여자두 대핵생이니께. 헌디, 모래 속에 서 금싸라기 찾기보다 더 힘들겄구먼. 쩌리도 많은 사람 속에서 자슥 눔을 으찌 찾지….

덕성   그랴도 으짜겄쏘. 찾아야제! 우리 새끼니 우리가 찾 아야제.

만석   그래야제! 민우 놈 찾으믄 집으로 데꼬 가더라고. 그 랴서 자초지종을 물어 으쨌거나 빨갱이라는 허물은 벗게 히여야제.

덕성   그래야지라. 꼭 그래야지라….

다시 들려오는 함성 소리. "군사독재 물러가라!" "쟁취하자, 민 주주의!" "계엄령을 철회하라!" 그리고 곧 이어서 확성기를 통 해 여자가 부르는 노랫소리가 들려온다. 군중들도 그 노래를 따라 부르는 소리가 들려온다. "임을 위한 행진곡" 이다.

사랑도 명예도 이름도 남김없이
한평생 나가자던 뜨거운 맹세

동지는 간데없고 깃발만 나부껴
새날이 올 때까지 흔들리지 말자

세월은 흘러가도 산천은 안다
깨어나서 외치는 함성

앞서서 나가니 산자여 따르라
앞서서 나가니 산자여 따르라

노랫소리가 사라지자 또 다른 확성기에서 내뱉는 소리.
해산하라! 해산하라! 해산하지 않으면 발포하겠다! 거듭 말
하겠다! 해산하라! 해산하지 않으면 발포하겠다! 요란한 소
리 사그라지고, 넋을 놓고 멍히 그 곳을 바라보고 있는 만석
과 덕성댁.

덕성   워매, 민우 아부지! 발포하겠다믄, 총을 쏘겠다는 것
         아니요?

만석   설마, 쩌 사람들헌티 총을 쏘겠어? 겁주는 것이겠제.

덕성 아니여요. 쩌그 좀 보씨오. 금방 쏠 것 같은디라? 군인들이 사람들헌티 총을 겨누고 있는걸 보믄.

만석 으찌 같은 나라 사람에게 총을 쏘겄어? 전쟁통도 아닌디.

덕성 옴매, 쩌그 쩌 사람을 좀 보씨요잉. 군인들이 쩌 사람을 구둣발로 마구 차고 몽둥이로 때려라.

만석 (바라보며 안타까워서) 허어, 저러믄 안되는디….

덕성 (안타까워서) 워매, 죽었나 부네. 꼼짝도 안히려라.

이때, 대학생4가 무대 오른쪽에서 뛰어들어 와 왼쪽으로 도망친다. 그 뒤를 바짝 쫓는 군인(공수대원)1, 2가 재빠르게 학생4를 덮친다. 학생4가 빠져나가려고 몸부림을 치자, 군인1이 군화 발로 사정없이 학생4의 배를 걷어찬다. 학생4, 그 자리에 푹 쓰러진다. 군인1, 2, 바닥에 쓰러진 학생4를 인정사정없이 군화발로 찬다. 학생4, 아무 저항도 못하고 신음 소리만 쏟아낸다. 만석과 덕성댁, 안타깝게 이 광경을 바라만 보고 있다.

군인1 (군화발로 차며) 이 새끼야! 네놈이 도망치면 몇 발이나 갈 것 같아? 뛰어봐야 벼룩이야, 이 새끼야!

군인2 (역시 군화발로 차며) 이 새끼야! 집구석에서 가만히 쳐박혀 있지, 왜 나와서 우릴 괴롭힌 거야! 왜?

만석 (보다 못하고) 여보시오? 사람을 고로코름 군화발로 차믄 쓴다요?

군인1   (만석을 쏘아보며) 당신들은 뭐요? 당신들도 데모꾼
          이오?

만석   데모꾼? (얼른) 아, 아니어라.

군인1   아닌데 왜 여기서 어슬렁거려?

덕성   (얼른) 기냥 지나가는 길인디….

군인2   어서 가시오. 여기 있으면 위험해요!

군인1   (다시 학생4를 군화발로 차며) 이 새끼야! 오늘이 네놈 제
          삿날이야!

학생4   (이젠 신음 소리도 가늘어졌다. 거의 실신상태다)

만석   (또 참견하며) 여보시오? 그만 차시오. 증말 죽겄쇼!

군인1   (만석을 쏘아보며) 이 영감탱이가? 당신도 뒈지고 싶은
          게야? 꺼지라면 꺼질 것이지 뭔 말이 많아! (하며 군화
          발로 만석을 찬다. 만석, 쓰러진다. 덕성댁, 놀라며 얼른 가서 만
          석을 일으킨다)

덕성   (군인들을 쏘아보며) 여보시오? 당신들은 애비어미도
          없소?

군인1   (총으로 위협하며) 정말 짖어대면 죽여 버릴 테야?!

덕성   (위협을 느끼고 말문을 닫는다)

군인1   흥! 요즘 세상에 상하가 어딨어?

군인2   그만 두고, 이놈을 끌고 가자고!

          군인1, 2가 거의 실신상태인 학생4의 양팔을 끌고 간다.

군인2 (끌고 가며) 뭘 처먹었기에 이렇게 무거워!

군인1 (끌고 가며) 이 새끼야! 네놈이 잠잘 구덩이로 가는 길이다!

학생4, 두 발이 땅에 끌려서 군인1, 2에게 끌려 오른쪽으로 나간다.

만석과 덕성댁, 어안이 벙벙해서 끌려가는 학생4를 바라보다가.

덕성 워매. 쩌 꼴을 지 부모가 보믄 을매나 속에서 불이 날까!

만석 글씨 말이여.

덕성 당신, 괜찮쏘?

만석 괜찮어. 참말로 징한 놈의 시상이 되야 부렸구먼!

덕성 글씨 말이유. 참말로 전쟁터겉이 무섭쏘잉.

총소리가 들린다. 여러 발의 총성.

덕성 (의아해서) 어따, 쩌게 먼 소리라요? 총소리 아니요?

만석 그란 것 겉구먼….

덕성 쩌글 좀 보씨오. 쩌 앞에 사람들이 쓰러져 있어라.

만석 그라믄, 군인들이 쩌그 사람들을 향해 진짜 총을 쐈다는 것이여?

덕성 아니믄, 쩌 사람들이 으째서 땅바닥에 쓰러져 있겄쏘.

만석 그란가 뵈여. 쩌그 사람들도 마악 담박질히여서 도 망친 걸 보니께….

덕성 그라믄, 군인들이 진짜 총을 쐈다는 이약이 아니겄소?

만석 그라구먼… 그랴….

덕성 (서두르며) 워매, 이것 안되겄쏘. 우리도 우리 새끼 찾 으려 싸게 싸게 갑시더요.

만석 그랴야 되겄구만, 이라고 있다간 큰일 나겄어! 워서 가세!

만석, 덕성댁, 총총 걸음으로 무대 오른쪽으로 나가자, 왼쪽에 서 민우, 하영, 대학생1, 2, 3이 헐레벌떡 뛰어 들어온다. 그들 은 얼마나 뛰었는지 숨을 헐떡거린다. 그 자리에 하나둘씩 쓰 러지듯이 주저앉으며 숨을 고른다. 손등으로 얼굴에 땀을 씻기 도 한다.

학생1 뒈질 놈들! 뭐가 겁나서 탱크까지 몰고 와서 총질을 해댄담!

학생2 우리 이젠 어쩌지? 저놈들이 저렇게 마구 총을 쏴 대면?

민우 어쩌긴 뭘 어째? 싸워야지! 못 봤냐? 우리 앞에서 쓰 러지는 동지들의 시체들을!

학생3 그래도 저놈들이 설마, 진짜 총을 쏠 줄은 몰랐지!

학생1   똥물에 튀겨서 죽일 놈들! 우리 보고 폭도라고! 빨갱
이라고!

하영   지놈들이 아무리 발악해도, 우릴 다 죽이지는 못할
거야!

민우   (일어서며) 가자! 금남로로!

모두   그래! 가자! 금남로로 가자!!

학생들, 모두 민우를 따라 오른쪽으로 나가자, 왼쪽에서 만석
과 덕성댁, 들어온다. 그들은 눈을 뜰 수 없어 손등으로 연실
눈을 비비며 들어온다. 그들은 왼쪽에서 오른쪽으로 나가면서
대사를 한다.

덕성   (여전히 눈을 비비며) 워매, 눈을 뜰 수가 없네잉. 대체
쩌 연기가 뭐시길래 눈이 요로코롬 따갑데요?

만석   (역시 눈을 비비며) 최류탄이라고 허는 것이여.

아내   워매, 죽것는 거. 눈물이 나고 눈이 따갑고, 앞이 봬
야 가지라.

만석   (절뚝거리며 걸음을 재촉하며) 그라도 가야제! 어서 가서
자슥놈을 찾아야제! 당신, 방금 그 처참한 꼴 안 봤
어? 군인들이 잡은 사람마다 군화발로 차서 죽이고,
칼로 찔러 죽이고, 총으로 쏴서 죽이는 것을….

덕성   글씨 말이요. 으찌 사람이 사람을 고로코롬 무지막
지허게 죽일 수가 있다요. 참말로 징히여서 못 보겄

습디더!

만석 시방 저놈들은 군인이 아니라 사람의 탈을 쓴 마귀들이여! 어서 가자고, 우리 자슥놈이 쩌런 마귀들 손아귀에 붙잡히기 전에 찾아야제!

덕성 그래야지라. 워서 싸게싸게 걸읍시더! 워서!

만석과 덕성댁, 오른쪽으로 총총히 나간다. 왼쪽에서 군인1, 2 들어온다. 군인들도 왼쪽에서 오른쪽으로 걷고 있다. 살기에 차서 걸으면서 대사를 한다.

군인1 폭도들을 잡으면 인정사정없이 모두 죽여 버려!

군인2 난, 좀 떨려. 어찌 사람을….

군인1 병신아! 저놈들은 빨갱이이고 폭도들이라 안 하더냐?

군인2 정말 데모꾼들이 빨갱이들이고 폭도들일까?

군인1 내가 알 게 뭐야! 그렇다고 하니까, 그런 줄 알아야지!

군인2 어떻게 데모 좀 한다고 총으로 쏴 죽이라고 하는 거야?

군인1 임마, 군인은 명령에 살고 명령에 죽는 게 군인이야!

군인2 그렇지만….

군인1 잔말 말고 어서 걸어! 금남로에 가면 죽일 놈 많이 있을 거야!

살기에 찬 군인1, 2, 오른쪽으로 걸어 나가자, 왼쪽에서 민우와 학생1, 2가 뛰면서 들어온다. 그들도 분노가 머리끝까지 차 있는 모습이다.

민우　（멈추며） 야, 여기 좀 쉬었다 가자. (쓰러지듯이 앉는다)

학생2　（앉으며） 다리가 끊어지려고 해. 얼마나 뛰었는지.

민우　하영이와 희철이가 앞서 갔는데 어디 있을까?

학생1　（앉으며） 앞서거나 뒤서거나 금남로 바닥에 있겠지 뭐.

민우　흥! 이젠 총칼로도 부족해서 화염방사기까지 사용해? 죽일 놈들!

학생1　천벌을 받을 놈들! 화염방사기를 쏴 생사람들을 태워 죽이다니!

민우　너희들 트럭에 산처럼 싸놓은 시체들은 못 봤나?

학생1　구덩이에 몰래 파묻으려고 실었겠지. 지놈들의 만행을 감추려고.

학생2　어떤 할아버지, 할머니가 저놈들의 만행에 항의하니까, 너는 뭐야? 하며 입에 담지 못할 욕을 해대며 군화발로 차고 곤봉으로 때려 죽였다고 하더라.

학생1　어떤 운전수는 부상자를 태워 병원에 가려고 하는데, 저놈들이 그것을 보고 부상자를 내놓으라고 하자 운전수가 금방 죽게 생겨서 병원으로 데리고 가야 한다니까, 곤봉으로 차 유리창을 다 깨부수고, 운전사를 대검으로 찔러 죽였대.

민우　지금 저놈들은 군인이 아니라 잔인무도한 악마들

이야!

학생2 정말로 지옥도 이토록 처참한 아비규환은 없을 거야!

학생3, 헐레벌떡 뛰어 들어온다.

학생3 (숨을 헐떡이며) 니들 여기 있었구나!

민우 (학생3에게) 무사하였구나.

학생3 (숨을 헐떡이며) 하, 하영이가 잡혀 갔어.

모두, 놀라 일어난다.

민우 뭐, 뭐라고? 하영이가 잡혀 갔어?

학생3 공수대 새끼들에게 잡혀서 끌려갔는데 구할 수가 없었어. 공수대 새끼들이 쫙 깔려 있어서.

학생2 이를 어쩌지….

학생1 어쩌긴 뭘 어째! 가서 구해 내야지!

민우 가자! 어서 구해야지! 가자!

민우, 학생들, 미친 듯이 오른쪽으로 뛰어 나간다. 학생들, 모두 나가자, 군인1, 2, 하영의 머리채를 끌고 왼쪽에서 들어온다. 하영을 땅바닥에 내동댕이친다. 쓰러지는 하영. 군인1, 하영의 배를 군화발로 찬다. 하영, 고통스러워하며 신음한다.

군인1	(다시 군화발로 차며) 일어나, 일어나 이년아! 일어나래두!
하영	(꿈틀거리며 상반신을 일으킨다)
군인1	(대검을 뽑아 든다. 대검으로 하영의 턱밑에 대고) 이년아? 집에서 놈팽이와 떡이나 칠 것이지 왜 나와서 지랄이야, 지랄은?
하영	(두 손을 모아 빌며) 잘, 잘 못했어요… 제발 좀 놔 주세요….
군인1	놔 줘?
하영	(더욱 간절하게 빌며) 네에? 제발? 제발 좀….
군인1	(칼등으로 하영의 턱 밑을 그으며) 보내 달라?
하영	네에, 제발….
군인1	그래도 그냥 보내기엔 섭섭하지… 한번 벗어볼래?
군인2	(맞장구를 치듯이) 길거리에서 어찌 벗을 수 있겠어?
군인1	대낮에 길거리에서 여자 나체라! 얼마나 멋있겠니?
하영	제발 보내주세요… 잘못했어요… 제발요….
군인1	어떻게 할래? 여기서 벗을래? 죽을래?
하영	잘못했어요. 제발 용서해주세요? 네에…?
군인1	내 가슴 속엔 용서라는 단어는 없어. 벗을래? 죽을래?
하영	제발… 제발요… 집에 가만히 있을게요. 네에?
군인1	못 벗겠다면, 내가 벗기지. (대검 끝으로 하영의 상의 단추를 딴다)
하영	(손으로 옷깃을 움켜쥐며) 제발, 이러지 마세요. 제발….
군인1	손 치워. 괜히 손 다치면 피나. (갑자기 위협적으로) 어서

손 치워!!

하영   (그래도 옷깃을 움켜쥐며) 용서해 주세요… 제발… 잘
못했어요….

군인1   어이, 김 병장? 이년 팔을 뒤로 딱 잡고 있어.

군인2   그림을 보자고? (하고는 하영의 양팔을 뒤로 휘어잡는다)

하영   (저항하며) 제발… 제발… 제발요….

군인1   얌전하게 있는 게 좋을 걸. (대검으로 하영의 옷에 단추를
딴다)

하영   제발… 제발…. (하며 어찌할 수 없어 발만 동동거린다)

군인1   (단추를 다 따고 브라자를 대검으로 찢는다. 그러자 하영의 유
방이 드러난다) 이것 좀 보라고? 백옥같이 하얀 산등선
을. 이 얼마나 아름다운 산등선인가! (하영의 유방을 칼
등으로 그으며) 나도 옛날에는 이처럼 아름다운 산등선
을 만지느냐고 잠 못 이루는 적이 있었건만….

하영   (갑자기 돌변하듯이 악을 쓰며) 이놈들아! 이 짐승만도 못
한 놈들아!

군인1   (하영의 뺨을 갈기며) 이 쌍년! 그래, 우린 짐승만도 못
한 놈들이다? 어쩔래? 이 쌍년아! 지금 짐승만도 못
한 놈들이 이 금남로 거리에 꽉 깔려 있는 것도 못
봤느냐?

하영   (악에 바쳐서) 그래! 이놈들아! 어서 날 죽여라! 날 죽여!

군인1   (능청스럽게) 그래, 죽여 줄 테니 그렇게 악 쓰지 마라.
(하며 칼끝 날로 하영의 유방을 긋는다. 하영의 유방에서 금방

82

피가 주르륵 흘려서 흰 속옷이 붉게 물든다)

하영   (발악하듯이) 이놈들아! 뭐하는 짓이냐! 어서 죽여라!

군인1   (여전히 칼끝으로 하영의 유방을 그으며 능청스럽게) 그렇게 서두르지 마라. 지금, 백옥같이 하얀 산등선에 그림을 그리고 있는 중이다.

군인2   (군인1의 행동을 보다 못하고) 그만 하고 그만 찔러 버려? 그만.

군인1   아니야. 그림을 더 그려야지. 백옥같이 하얀 산등선에 꽃도 그리고 나무도 그리고….

군인2   그만 하래도 그래?

군인1   이년은 폭도고 빨갱이라고.

하영   (더욱 악을 쓰며) 어서 죽여라!! 이 살인마들아!

군인1   (여전히 칼로 하영의 유방을 칼로 그으며) 진정하라고. 죽을 때 그렇게 악을 쓰면 몸에 해로워.

군인2   그만 칼로 찔러버리래도, 그만!

군인1   아니야. 한참 꽃을 그리고 있는 참이야.

군인2   에잇! (참다 못하듯이 잡고 있던 하영이의 팔을 놓고는 자기 대검을 뽑아 하영의 가슴을 푹 찌른다. 하영, 억하며 앞으로 꼬꾸라진다)

군인1   (군인2를 쏘아보며) 너 뭐하는 짓이야?

군인2   괴롭힐 것까진 없잖아? 그냥 죽이면 우리 임문 끝이잖아?

군인1   (어이가 없다는 듯이 일어나며) 병신! 니놈이 뭐 예수야?

군인2 그만 가자고. (아랑곳없이 오른쪽으로 나간다)
군인1 (하는 수 없이 군인2를 따라가며) 흥! 성인군자 났군.

군인1, 2, 쓰러져 있는 하영을 아랑곳없이 오른쪽으로 나간다.
하영, 쓰러진 채 가슴을 움켜쥔 채로 꿈틀거린다.
멀리서 함성 소리. 곧이어 확성기를 통해 들려오는 소리.

"광주 시민이여! 민주화를 위해, 우리의 자유를 위해, 우리 모두 일어납시다! 지금 천하 무도한 공수대원들은 선량한 광주 시민들과 학생들을 칼로 찔러서 죽이고, 총으로 쏴 죽이고, 곤봉으로 쳐서 죽이고, 군화발로 차서 죽이고, 심지어는 화염방사기를 쏴 생사람들을 태워서 죽이고 있습니다! 이들이 어찌 우리의 군인이며, 우리의 동포라고 할 수 있겠습니까?! 저놈들은 우리의 군인이 아니라 우리의 반역자들이며, 사람의 탈을 쓴 마귀들입니다! 천하에 없는 마귀도 저처럼 잔인무도할 수는 없을 겁니다! 광주시민들이여! 우리 손으로 저 잔인무도한 마귀들을 몰아냅시다!!!" (끝나자 다시 함성 소리)

함성소리와 확성기에서 소리가 들려오는 동안에, 하영은 몸을 꿈틀거리며, 몸을 일으켜 보려고 몸부림을 친다. 그러나 결국은 일어나지 못하고 무너지듯이 푹 엎어지고 만다. 그런 동작을 몇 번이고 반복하다가 결국은 쓰러진 채로 고개만 들어 보인다.

하영   왜… 왜… 왜… 이, 이렇게 하늘이 캄캄하지… 해, 해가 중천에 떠 있는데… 왜 이렇게 하늘이 캄캄할까… 너무나… 너무나 캄캄해서… 내가 좋아하는 사람도 못 보겠네… 내 사랑 민우도….

민우와 학생1, 2, 3, 헐레벌떡 뛰면서 왼쪽에서 들어온다.
순간, 모두, 쓰러져 있는 하영을 발견하고 놀란다.

민우   하영아! (뛰어가 하영의 상반신을 일으킨다) 하영아?!
하영   (엷게 미소를 지으며) 와, 주었네… 와….
민우   (흔들며) 하영아! 하영아!
학생1   몸에 저 피를 좀 봐….
학생2   어서 병원에 가자.
학생3   병원은 안 돼. 저놈들이 지키고 있어.
민우   (안으려고 하며) 그래도 병원에 가야 해! 죽는 한이 있더라도!
하영   (가지 말라고 민우의 손을 붙잡으며) 가, 가지 마… 가지 마….
민우   (울먹이며) 왜?!
하영   병, 병원에 가면, 니, 니들도 붙잡혀….

민우	그렇다고 이렇게 있자는 것이야?
하영	민, 민우야… 내, 내게 키, 키스해줘….
민우	(하영을 안타깝게 내려다보며) 하영아!
하영	어, 어서….
민우	(하영의 입에 키스를 해준다)
하영	난, 난, 널, 사랑해… 하, 하늘만큼….
민우	(울먹이며) 알아… 알아….
하영	민, 민우야… 잊, 잊지 마… 우, 우리, 사, 사랑…. (하고는 잡고 있던 민우의 손을 놔 버린다)
민우	(놀라며) 하영아! 하영아!
하영	(아무반응이 없다)
민우	(울부짖는다) 하영아! 하영아….

학생1, 2, 3도 모두 눈시울을 적신다.

학생1	(울분에 차서) 사지를 찢어서 능지처참할 놈들!
학생2	(역시) 우리가 무슨 죄가 있다고 죽이고 또 죽인 게야!
학생3	(울분을 참지 못하고) 가자! 우리도 가서 죽자!
민우	(분노에 차서 서서히 고개를 든다) 그래! 가자! 싸우러가자! 우리도 싸우다가 죽자! (하고는 하영의 시체를 양팔에 안고 일어선다) 가자! 우리도 죽으러 가자!!

모두, 울분에 차서 팔을 높이 쳐들며 "가자!"고 여러 번 외친

다. 민우, 하영의 시체를 안고 오른쪽으로 나간다. 다른 학생들도 구호를 외치며 민우를 뒤를 따른다. 학생들이 나가자, 만석과 덕성댁, 왼쪽에서 들어온다. 두 사람은 이젠 지쳐서 제대로 걷지도 못한 모습이다. 발을 질질 끌다시피 하며 억지로 발을 옮긴다. 목발을 짚으며 걷는 만석은 더욱 지쳐 보인다. 그래도 억지로 걷고 있는 두 사람.

덕성 (걸으며) 더 싸게싸게 갑시더잉. 전장터도 요런 전장터가 없겠소잉. 길바닥마다 시체들이 산더미처럼 쌓여 있고, 여그저그서 총소리는 들리고….

만석 (억지로 힘을 내어 걸으며) 민우 놈도 못 찾으믄 그 꼴이 되여!

덕성 (여전히 억지로 걸으며) 참말로 금수만도 못헌 놈들이여!

만석 악마들이여, 악마들! 그게 사람의 탈을 쓰고 헐 짓이여!

덕성 싸게싸게 갑시다. 쩌그가 사람들이 많이 모여 있구먼이라!

만석 워디든지 사람들이 많이 모인 곳이라믄, 가야제!

만석, 덕성댁, 힘겹게 발을 끌며 오른쪽으로 나간다.
확성기를 통해 애국가가 울려 퍼진다. 민우와 학생 1, 2, 3이 들것에 하영의 시체를 놓고 그 들것을 네 사람이 어깨에 들쳐 메고 왼쪽에서 들어온다. 하영의 시체 위에는 대형 태극기가

덮여 있다. 그들은 왼쪽으로 들어오면서 목이 터지라고 구호를 외친다.

"군사독재 물러가라! 계엄령을 철회하라! 휴교령을 철회하라! 쟁취하자, 민주주의!" 등등.

그들은 구호를 외치며 무대를 원형으로 두세 바퀴를 돈다. 그리고는 오른쪽으로 나가려고 하자, 이때 오른쪽에서 만석과 덕성댁이 들어온다. 그들은 순간, 민우를 본다.

두 사람은 민우를 처음 만난다.

덕성　　(놀라며) 아니, 쩌게 우리 민우 아니우?

만석　　(반가워하며) 그랴! 맞구만! 우리 민우가 맞아!

부모　　(민우를 향해 손을 흔들며 소리친다) 민우야!! 민우야….

민우　　(앞에서 들것을 매고 있는 민우가 부모를 보자 역시 손을 흔들며 소리친다) 어머니! 아버지!

이때, 어디선가 총성이 들린다. 여러 발의 총성. 민우, 총에 맞아 쓰러진다. 학생1, 2, 3도 총을 맞고 쓰러진다.

하영의 시체를 든 들것이 네 사람의 몸 위에 내려앉는다. 순간, 모든 것이 멈추어 버린다. 조용하다.

다만 하영의 시체를 덮었던 대형 태극기만 바람에 약간 움직일 뿐이다. 만석과 덕성댁은 눈앞에서 쓰러지는 민우를 보자, 순간, 그 자리에서 굳어져 버린다. 잠시 후, 정신이 든 두 사람은 허겁지겁 뛰어가 쓰러진 민우를 덮치듯이 안는다.

부모   (민우를 안고 거칠게 흔들며 절규한다) 민우야! 민우야! 민우야!

두 사람은 하늘이 터질듯이 절규한다. 그러나 그 절규 소리는 함성 소리와 총소리가 뒤엉켜서 들리는 소리에 파묻혀 버린다. 다만, 두 사람의 절규하는 몸부림만 마임처럼 보일 뿐이다.

서서히 암전.

제6장. 집 (1장과 같음)

황혼 무렵. 황금빛 하늘이 잿빛으로 변해 가고 있는 무렵.
저 멀리서 까마귀의 울음소리가 아득하게 들린다.
평상 위에 작은 상이 놓여 있다. 그 상 위에 사발이 놓여 있다. 그 상 앞에는 노모가 앉아서 두 손바닥을 비비며 간절하게 기원을 하고 있다.

노모   신주님… 신주님… 거듭거듭 요로코롬 비웁니다. 지발, 지 청하나 들어주시옵쏘서! 다 늙은 지가 청이 있으믄 무신 청이 있겠습니꺼믄, 지게도 청이 꼬옥 하나 있구만이라우. 부디, 광주에서 대핵교 다니는 지 손자 눔 하나 지발 무사하게믄 히여 주시옵쏘서.

여러 사람들헌티 들으니께 시방 광주시내가 전장터 걷다고 헙디다. 지발, 지 손자만은 무사하게 히여주시기를 빌고 또 비옵니다. 신주님! 지발이라우. 부디 지 손자 눔먼 아무 탈 없이 무사하게먼….

순덕, 헐레벌떡 뛰어 울면서 들어온다.

순덕　(울면서) 할, 할머니… 할머니….

노모　(고개를 들어 순덕을 쳐다보며) 으째서, 울고불고 난리여?

순덕　(여전히 울면서) 할, 할머니… 우, 우리 민우가… 우리 민우가….

노모　우, 우리 민우가 워쨌단 것이여?

순덕　죽, 죽었디유….

노모　머, 머시라고야? 우리, 우리 민우가 죽어야?

순덕　야. 영, 영수 엄니가 그라는디, 텔레비에서 봤다믄서….

노모　영, 영수, 엄니가야?… 텔레비에서야?

순덕　야… 우리 민우 이름을 봤디유… 죽, 죽은 사람 이름에서….

노모　(금방 애써 부인하며) 아닐 것이여! 영수 엄니가 잘 못 봤을 것이다! 우리 민우가 죽다니! 말도 안 될 말!

순덕　지도 아니라고 허니께, 핵교허구 이름꺼정 나왔다구 허든서….

노모   (여전히 부인하며) 아닐 것이여! 아암! 아니구말구! (자리에서 불쑥 일어나며) 이눔의 예편네, 나가 가서 혼을 좀 내줘야 것다! 말도 안 될 소릴, 워디서 함부로 씨부렁되는 것이여! (하고는 화난 걸음으로 밖으로 나가려고 하자, 밖에서 만석과 덕성댁, 들어온다. 덕성댁의 가슴에는 민우의 사진 액자가 붙은 유골함을 매달고 있다)

순덕   (덕성 댁과 만석을 보자) 엄니… 엄니….

노모   (유골함을 보자, 감전된 사람마냥 금방 굳어지며 멍히 덕성댁을 바라보다가 넋 나간 사람처럼) 아, 아니, 이, 이거시, 뭐, 뭐시라냐….

덕성   (담담하게) 우리 민우이어라….

노모   (거의 넋이 나가서) 우, 우리, 민, 민우라고야?

덕성   (역시 담담하게) 야.

만석   (노모를 달래듯이) 엄니….

노모   (아랑곳없이) 이거시, 우리, 우리 민우라고야?

덕성   (역시 담담하게) 야….

노모   (이미 넋이 나간 사람처럼) 이, 이리 쪼간 줘 봐라 잉.

덕성   (유골함을 노모에게 넘겨준다)

노모   (유골함을 받아 천천히 내려다보며) 이거시 우리 민우라고야… 그란디, 장대만큼 큰 나 손자 눔이 워째서 요로코름 쪼간해져 부럿다냐?

만석   (역시 달래듯이) 엄니….

노모   (실성한 사람마냥) 허어, 시상일 알다가도 모르겠구먼…

워째서 장대 겉은 녀석이 요로코름 쩌어져부럿을
까… 워째서….

순덕은 한쪽에 앉아 울고만 있을 뿐.

덕성 (울먹이며) 엄니, 그만 쩌그 앉어라우.
노모 나가 시방 편히 앉게 생겼냐? 나 손자 눔이 요로코름
     쐬깐해서 돌아 와 부럿는디… 아서라… 아서라….
만석 (울먹이며) 엄니….
노모 (사진을 뚫어지게 바라보며 실성한 사람의 넋두리처럼) 인석
     아… 나가 뭐시라고 허드냐? 워디든지 나서지 말라
     고 허지 않드냐? 우리 집안은 나서서 망한 집안이라
     구 안 허드냐? 니 할아부지도 그랬구, 니 아부지두 그
     랬는디… 근디, 너까지 나서고 말았단 말이냐? 인석
     아… 니가 나선다고 좋은 시상이 올 것 겉으냐? 니가
     나선다고 좋은 시상은 오지 않아… 이 시상은 은제나
     그랬드시, 총칼 쥔 사람들의 시상이니께… 총칼 쥔
     사람들, 지눔들 맘대로 맹긴 시상이 요즘 시상이여!
     우리겉이 힘없는 사람들에겐 아무리 나서고 또 나서
     도 좋은 시상은 오지 않은 뱁이여… 근디, 인석아…
     워째서 니가 그걸 몰랐느냐? 워째서… 워째서…. (하며
     유골함에 얼굴을 비비며 애절하게 흐느끼며 무너지듯이 유골함을
     부둥켜안고 주저앉는다. 더욱 애절하게 흐느낀다)

만석과 덕성댁은 넋을 다 빼앗긴 사람처럼 멍히 서 있을 뿐.
순덕은 한쪽에 앉아 울고만 있다. 여기에 저 멀리서 까마귀의
울음 소리가 스며든다. 까욱! 까욱! 까욱!

서서히 암전.

한국 희곡 명작선 167

좋은 세상

초판 1쇄 인쇄일   2024년 10월 16일
초판 1쇄 발행일   2024년 10월 25일

지 은 이   윤한수
만 든 이   이정옥
만 든 곳   평민사
　　　　　서울시 은평구 수색로 340 〈202호〉
　　　　　전화 : 02) 375-8571 / 팩스 : 02) 375-8573
　　　　　http://blog.naver.com/pyung1976
　　　　　이메일　pyung1976@naver.com
등록번호   25100-2015-000102호
ISBN   978-89-7115-852-4　04800
　　　　　978-89-7115-663-6　(set)
정 　가   10,000원

이 책은 사단법인 한국극작가협회가 한국문화예술위원회의
2024년 제7차 대한민국 극작엑스포 지원금을 받아 출간하였습니다.